충청도 뱀파이어는
생각보다 빠르게 달린다

충청도 뱀파이어는 생각보다 빠르게 달린다

ⓒ 송경혁 2022

초판 1쇄	2022년 9월 17일		
지은이	송경혁		
출판책임	박성규	펴낸이	이정원
편집주간	선우미정	펴낸곳	도서출판 들녘
편집진행	이동하·이수연	등록일자	1987년 12월 12일
디자인진행	고유단	등록번호	10-156
표지그림	SF소년단	주소	경기도 파주시 회동길 198
편집	김혜민	전화	031-955-7374 (대표)
마케팅	전병우		031-955-7384 (편집)
멀티미디어	이지윤	팩스	031-955-7393
경영지원	김은주·나수정	이메일	dulnyouk@dulnyouk.co.kr
제작관리	구법모		
물류관리	엄철용		

ISBN   979-11-5925-550-2 (04810)
        979-11-5925-708-7 (세트)

충청도 뱀파이어는
생각보다 빠르게 달린다

송경혁

gobl

목차

지난 4일 영국 글로벌 바이오 기업 블러드하이는 신종 접촉성 신경감염증 치료제 개발이 막바지에 접어들었다고 발표했습니다. 이 소식에 지난 5일 블러드하이의 주가가 급등했습니다. 최고 경영자 쿠르드베 4세가 보유한 주식 지분 12%의 가치는 한화 약 59조 원에 이를 것으로 파악되고 있습니다. 지난 4년간 지분 잠식 등 적자에 시달리던 블러드하이는 최근 한 달 수익률 780%를 기록했습니다.

신종 전염병이 발생한 지 불과 23일 만에 치료제를 개발한 것은 유례 없는 일입니다.

한편 이 질병은 감염자와의 접촉을 통해 전염되는 것

으로 알려져 있습니다. 따라서 전문가들은 코로나 바이러스와 같이 대규모로 확산하는 것은 어려우리라 예측하고 있습니다.

ㅇㅇㅇ 뉴스 ㅇㅇㅇ이었습니다.

커튼 사이로 빛이 쏟아져 들어왔다. 내가 정신이 든 것은 저 빛 때문이겠지. 어찌 된 일인가 생각을 더듬을 새도 없이, 눈앞이 하얗게 변한다. 강한 빛이 한꺼번에 들어와 아무것도 보이지 않는다. 누군가 커튼을 젖힌 것이다. 머리 위로 이불을 뒤집어쓰려는데 손이 쑥 들어온다.

"인나. 해가 중천이여."

나는 화들짝 놀랐다.

"누구야?"

"나, 상일이여."

나는 몸부림치지만 충청도의 젊은 영농인을 이길 수

가 없다. 이놈은 기운이 장사다. 이불을 뺏기는 데는 2초도 채 걸리지 않았다. 나는 팬티 바람으로 침대 위를 구르며 온몸으로 아침 햇살을 받아내고 있었다. 화가 머리 끝까지 솟구쳤다. 숨을 크게 들이마시고 눈을 찔끔 감았다 뜨면서 있는 힘껏 소리를 질렀다.

"여기가 너네 집이냐!"

"아이구, 이게 뭔 냄새여."

"어, 그래. 냄새나니까 저리 가!"

"아니 그게 아니고, 냄새가 바뀐 듯도 허고⋯."

거의 울부짖다시피 고성을 질렀지만 상일이는 미동도 하지 않는다. 내 방에 거리낌 없이 들어온 녀석이니 내가 저항하는 것 정도야 계산하고 있었을 것이다. 아니, 계산 따윈 아예 없을지도 모르겠다. 다들 내게서 냄새가 난다며 피하곤 했지만, 녀석은 내 입냄새에 신경도 안 썼다.

"너두 그럼 우리 집에 와서 똑같이 햐."

"넌 사생활이 없어? 개냐?"

"…."

욕지거리도 통하질 않는다. 나는 다시 이불을 낚아채며 눈을 비볐다.

"왕슈잉이 아프디야. 대신 일 좀 도와줘."

왕슈잉은 나와 함께 상일의 집에서 일하는 중국인 직원이다. 갑자기 아프다고 한다. 그 친구가 평소 감기를 달고 살았던 게 기억났다. 이제 좀 쉬려나 했는데, 녀석이 놔주질 않는다. 그래도 나를 상대해주는 사람은 상일이뿐이다. 정신을 차려 핸드폰을 본다. 시계보다 먼저 눈에 들어온 것은 도에서 보낸 문자였다.

33번째 확진자 발생. 병의 증상 및 환자 동선은 도청 홈페이지 참조. 감염 의심자 신고 요망

- 충청북도재난안전본부

얼마 전에 유럽에서 발생한 유행병으로 나라가 시끄러웠다. 야생 사슴이나 흡혈박쥐와 관련됐을 가능성이

크다는 등 추측이 난무했다. 어찌 된 일인지 최근 들어 전염병 창궐 빈도가 높아졌다. 인수 공통 전염병이 느는 이유는 인간이 수없이 많은 동물을 잡아먹으면서 그들과의 접촉면을 넓히고 있기 때문이라는 분석도 있었다. 그러나 이번 유럽발 유행병은 대규모 확진 사태로 번지지는 않으리란 전망이 우세했다. 이 질병은 공기를 매개로 감염되지 않는다는 연구 결과가 있기도 했고, 코로나 이후로 사람들의 방역 의식이 높아진 까닭이기도 했다.

"또 재난 문자네. 너 조금만 늦었어도 귀국 못 할 뻔했어."

나는 콧김을 뿜으며 말했다. 상일이는 배추 농사 기술을 전수하기 위해 몇 달간 루마니아에 출장 갔다가 얼마 전에 돌아왔다. 상일이가 루마니아에 가 있는 동안 나는 녀석의 농장을 대신 관리했다. 나는 전문가가 아니기에 농장을 대신 맡은 첫 주엔 하루에도 몇 번씩 녀석에게 카톡을 해댔더랬다.

개가 사라졌다. → 지붕을 살펴봐라.

트랙터 시동이 안 걸린다. → 그 열쇠가 아니다.

고양이가 나를 싫어한다. → 원래 그런 놈이다.

보리싹이 왜 안 보이냐. → 아직 때가 아니다.

사슴이 새끼한테 젖을 안 먹인다….

"어? 엘크헌티 무슨 일이여?"

녀석은 자판기처럼 답을 척척 내다가도 사슴 얘기만 나오면 바로 전화를 할 정도로 사슴을 아꼈다. 우수 사슴 선발대회에서 대상을 탔다나. 반면 개하고 고양이에 대해서는 알아서 큰다고 얘기하는 걸 보고 치사한 녀석이라고 생각했다. 녀석은 동물차별주의자가 분명하다.

녀석이 루마니아에 있는 동안에도 충청도 농장은 평화로웠다. 내가 초주검이 될 정도로 몸을 갈아 넣어 관리했기 때문이다. 나도 내가 이렇게 책임감 있는 사람인 줄은 몰랐다.

루마니아는 땅이 비옥하고 기온은 서늘하여 배추를 키우기엔 최적의 조건이라고 했다. 한국의 배추 수요는 굳이 말하지 않아도 될 정도로 많으니 판로를 걱정할 필요도 없다고 했다. 코로나 사태 이후로 신선식품의 가치가 갈수록 높아지고 있었다.

"내가 루마니아에서는 농업의 아버지까지는 아니어도 농업의 외삼촌 정도는 된다는 거 아녀."

녀석의 말은 허풍이 아니었다. 루마니아 농업신문을 보면 녀석의 사진을 어렵지 않게 찾을 수 있었다. 상일이가 자신의 사진이 실린 기사를 내 눈앞에 들이댈 때마다, 나는 녀석이 루마니아의 농촌 영웅이라는 사실보다

벽안의 여인 옆에 붙어 사진을 찍었다는 사실에 질투가 났다. 루마니아에서 연애도 하고 왔다고 했다. 선천적으로 입냄새가 심한 나로선 연애는 꿈도 꿀 수 없었다. 어쨌든 이래저래 얄미운 짓만 하는 놈이다.

"이제 좀 쉬어보나 했는데…."

나는 농장주인 상일이가 출장 간 동안 쉴 새 없이 농장을 관리한 대가로 며칠 휴가를 냈다. 그런데 직원이 아파서 수가 틀어진 것이다. 아직 여섯 시도 되지 않았다. 나는 구시렁대며 장화에 발을 꿰었다. 녀석을 다시 만난 지 반년째, 이제야 내 고향 충청도가 좀 익숙해지려고 한다.

나는 늘 혼자였다. 아무도 만나주지 않았던 까닭이다. 왕따를 당하지는 않았지만, 모두 나를 꺼렸다. 그러니까 나는 괴롭히기조차 싫은 사람이었다. 사람들은 내게서 입냄새가 난다고 했다. 그건 태어날 때부터 그랬다. 일종의 장애일 수도 있었다. 어쩌면 유전병일지도 모른다. 여하튼 나는 늘 외로웠다. 그렇게 긴 시간이 흘렀고, 나는 외로움에 익숙해졌다. 위축된 자아도 일반적인 상태가 되었다. 외로움에서 벗어나고자 인간관계의 폭을 넓히기엔 부끄러움의 벽이 너무나 두터웠다.

결국 나는 중학교도 제대로 졸업하지 못했다. 하지만 입냄새 문제는 아니고, 사고 때문이었다.

중학교 2학년 봄방학 때의 일이다.

우리 가족은 아버지가 새로 뽑은 소나타를 타고 강원도로 향하고 있었다. 나는 탁 트인 벌판을 달리고 있다는 사실이 마음에 들었다. 나는 사람이 별로 없는 산이나 해변을 좋아했다. 운전석과 조수석에 나란히 앉은 부모님은 행복해 보였다. 나는 엄마 아버지와 함께 있는 것이 좋았다. 부모님은 내가 뒷좌석에 앉아 입냄새를 뿜어대도 전혀 개의치 않았고, 내게 농담이나 뽀뽀를 하는 데도 거침이 없었다. 우리는 구취에서 자유로웠고 충분히 행복했다. 그들은 나를 사랑으로 키웠다.

나만큼이나 부모님도 나 때문에 근심이 많았다. 구취가 도를 넘게 강했기 때문이다. 장애나 중병으로 인정받을 수 있는 증상은 아니었지만, 그로 인한 고통은 차고 넘쳤다. 사람들은 어디서도 맡아보지 못한 냄새라고 했다. 흡사 마늘 냄새 같다고 했다. 거기에 시큼하면서도 알싸한 향이 더해져 대부분으로 하여금 거부감을 느끼게 했다. 나는 언제부터 이런 냄새를 뿜게 되었을까?

"엄마, 나는 언제부터 입냄새가 나기 시작한겨?"

사춘기였던 나는 손톱 거스러미를 떼며 말했다. 그것은 질문이라기보다는 독백에 가까웠다. 피서를 가는 동안에도 약간은 신경 쓰였던 탓이다.

"아마 날 때부터?"

조수석에 앉은 엄마는 뭐 그런 당연한 걸 묻고 그러느냐는 듯 시큰둥하게 대답했다.

"그렇겠지. 근디 뭐 그런 걸 묻고 그랴."

아버지가 거들었다. 굳이 다 알고 있는 얘기를 왜 다시 꺼내느냐는 것이다. 엄마가 '아마'라며 확신하지 못하는 이유는 내 입냄새를 맡지 못하기 때문이었다. 엄마도 나와 같은 증상이 있었다. 입냄새 나는 사람끼리는 서로의 냄새를 맡지 못했다. 입냄새가 유전된다는 사실 또한 비극이라면 비극이었다. 하지만 엄마는 내 입냄새가 정확히 언제부터 났는지 모르는 듯했다. 엄마 같은 경우는 성인이 된 후에 냄새가 났다고 했다. 유전 인자가 있다고 해도 발현 여부와 그 시기는 사람마다 다른

18

모양이었다.

"밖에서 무슨 냄새 안 나?"

엄마가 물었다.

"영길아, 엄마가 묻잖여?"

아버지가 룸미러로 나를 보며 말했다. 창틈으로 매캐한 냄새가 들어왔다. 논두렁에서 누군가 불이라도 피우는 모양이었다. 하지만 아버지는 모르는 눈치였다. 냄새를 잘 맡지 못했던 까닭이다. 축농증이 심하다고 했다. 그러니까 아버지는 엄마의 입냄새를 신경 쓸 필요가 없었다. 불편함을 느끼지 못한다면 된 것 아닌가. 그래서 둘이 연애할 수 있었던 모양이다.

나는 말없이 오징어를 뜯었다. 오징어 냄새가 후각을 자극했다.

"영길아, 그거 내 술안주 아니여?"

미동도 없던 아버지가 말했다.

"이게 오징어인지 아부지가 어떻게 알어?"

아버지는 헛웃음을 터뜨리고는 침을 꿀꺽 삼켰다.

"영길아."

"응."

"너는 내가 진짜 냄새를 못 맡는다고 생각햐?"

아버지가 처음으로 내게 진실을 이야기하던 날이었다. 나는 크게 놀랐다.

"아부지, 뭔 소리여 그게?"

"아빠 냄새 맡을 줄 알아. 개처럼 잘 맡진 못해도…."

엄마가 무심한 표정으로 오징어를 질겅대며 말했다.

"그럼 왜 냄새 못 맡는다고 그랬댜?"

내가 깜짝 놀라 물었다.

"나랑 사귀려고."

엄마의 대답에 나는 오징어를 씹는 것조차 잊을 정도로 충격을 받았다. 아마도 연애 감정은 초월적인 무언가인 모양이었다.

그것이 부모님의 속내를 듣는 마지막이었다. 나는 엄마의 대답을 듣자마자 정신을 잃었다.

빛이 쏟아져 들어왔다. 눈을 게슴츠레 떴다. 빛을 쏟아내는 형광등이 보였다. 그 아래에서 누군가가 나를 지켜보고 있었다. 나는 그 누군가가 누구인지도 모른 채 눈을 찡그리며 물었다.

"여, 여가 어디여?"

엄마나 아버지는 아니었다. 내 또래의 남자였는데, 왠지 낯이 익었다.

"아이고 냄새. 이제 깼네. 의사 선생님 불러야겠다. 선생님!"

그, 아니 걔가 내 입냄새에 대해 이야기하자 그 와중에도 나는 부끄러워졌다. 내 몸은 병원 침대에 뉘여져 있었다. 나는 그 남자애에게 다시 물었다.

"넌 누구여?"

"나, 상일이여."

친구가 없는 나는 상일이라는 이름을 곰곰이 생각해 보았다. 선생님이 출석을 부를 때 윤상일이라는 이름을 들은 것 같기도 했다. 아이들하고 노는 모습을 본 기억이 없는 걸 보면 녀석도 나처럼 친구들과 거리를 두는 부류일지 모른다는 생각도 들었다. 녀석에 대해 당장 떠오르는 기억은 그것뿐이었다.

나는 꼼짝도 할 수 없었다. 중상을 입어 한 달 넘게 계속 누워 있었던 까닭이다. 다리뼈가 몇 조각이 났다고 했다. 그리고 녀석에게 자초지종을 들은 후에는 정신마저 산산이 조각나는 것 같았다.

아버지가 몰던 차는 동네 초입을 벗어나자마자 사거리에서 질주하던 덤프트럭에 받혀 2미터 아래 길바닥으로 떨어졌다. 아버지는 그 자리에서 숨졌고, 엄마는 이 병원에 온 지 3일 만에 돌아가셨다고 했다. 나는 혼란을 감당하지 못했다. 그리고 현실을 부정할 수밖에 없었다. 악몽 같은 이야기였다. 꿈에서 깨고 싶었다. 나중에 듣기로는 내가 상일이의 말을 듣다 말고 병원 창문 밖으로 몸을 날렸다고 했다. 나조차도 내가 그럴 수 있을 거라고는 생각지 못했었다. 하지만 그 상황에서는 죽음을 선택하는 게 더 자연스러운 일이었을지도 모른다. 지금 그 시도를 기억하지 못하는 것은 방어기제가 작동한 까닭이 아닐까 싶다. 어차피 죽지 못했다면 죽으려 했던 기억을 잊어야 남은 생을 살아나갈 수 있을 것이므로.

다행이었을까. 나는 사람들의 제지로 죽는 데 실패했다. 상일이는 두 번 다시 내게 사고 이야기를 꺼내지 않았다. 상일이에게 악의는 없었다. 내가 그저 내 슬픔을 가늠할 수 있을 정도로 세상을 충분히 살지 못했을 뿐이었다. 그 후의 이야기는 내가 충분히 안정됐다는 의사의 판단이 내려진 뒤에 의사와 경찰, 보험설계사 등 여러 사람에게서 조금씩 들을 수 있었다.

경찰은 사망 사고이므로 덤프트럭 기사가 구속될 수

있다고 말했다. 보험설계사는 내게 부모님이 남긴 유산이 있으나 내가 아직 성인이 아니므로 법정대리인인 외삼촌이 관리하게 될 것이라고 했다. 인생이 내 의지와 상관없이 바뀐다는 것을 그때 처음 알았다. 그러나 나는 슬픔에서 벗어날 수 없었고 스스로를 연민하기도 벅찬 상황이었기 때문에 미래야 어떻든 맘도 쓰지 않았다.

그럼에도 불구하고 의사의 이야기는 귀담아들을 수밖에 없었다. 엄마에 대한 이야기였기 때문이다. 내가 약간씩 농담을 할 수 있을 정도가 되자, 그는 중요한 사실을 알려주겠다고 했다. 아버지와 엄마의 사인에 대한 내용임을 직감으로 알 수 있었다. 그의 말은 의미심장했다.

"엄마가 널 살리고 돌아가셨다."

의사의 첫마디를 듣자마자, 나는 다시 충격에 휩싸였다. 하지만 언젠가는 알아야 했기에 마음을 다잡았다.

"어떻게유?"

"네 혈액형이 뭐지?"

뜬금없는 질문이었다.

"O형이유."

"그래. 어떻게 보면 O형이 맞긴 한데, 좀 특이하다. 항원이 없어도 이렇게 없을 수가…."

"그게 무슨 말씀이세유?"

의사는 한숨을 내쉬었다.

"출혈이 심했는데, 혈액형이 희귀해서 피를 찾기 어려웠단 얘기야."

"그럼 어떻게 했는디유?"

왜 굳이 수고스럽게 나를 살렸느냐고 묻고 싶었지만, 그를 화나게 하긴 싫었기에 애써 다른 질문으로 바꿔 물었다.

"너희 어머니와 네 혈액형이 같더라."

의사는 단단히 마음먹은 표정이었다. 마치 내가 살아야 하는 이유를 심어야 한다는 사명이라도 띤 것 같았다. 그는 내게 재차 괜찮으냐고 묻고는 내가 고개를 끄덕이자, 다시 차분하게 설명하기 시작했다.

"보통 열에 한둘은 자기 혈액형을 잘못 알고 있어. 특별한 일은 아니야. 너와 네 어머니도 그렇고. 그런데 너는 희귀 혈액형이라고 했잖아. 네가 수술받을 동안 혈액을 제공할 사람은 네 어머니뿐이었어."

나는 상일이와 함께 농장으로 향했다. 상일이는 이제 명실상부한 영농인이다. 영농 후계자라는 딱지를 떼도 될 만큼 성장해 있었다. 올해 청년회장 선거에 출마한다고 했다. 지난번에는 한 번 고배를 마셨다고 했다. 분위기를 보고 이미 다 된 줄 알았는데, 뚜껑을 열어보니 그게 아니더라는 것이다.

"하여간 이 동네 사람들은 속내를 모르겄어. 다들 앞에서는 어, 상일아 그려, 너는 잘될겨, 그래 가지구 당선되는 줄 알았잖어."

"너는 충청도 사람 아닌 것처럼 얘기하냐?"

같은 충청도 사람도 속내를 알기 어렵다고 하니, 나

같은 반외지인이야 말할 것도 없다.

대화를 나누며 걷다 보니 어느덧 상일이의 농장 초입에 이르렀다.

저 멀리 어렴풋이 왕슈잉의 모습이 보였다. 그런데 아프다던 녀석이 개밥을 주고 있었다. 나는 조금 어이가 없어져서 상일이를 보고 물었다.

"뭐야. 아프다던 애가 왜 저기 있냐?"

상일이도 황당한 표정을 짓고 있는 걸로 봐서 나한테 거짓말한 것 같진 않았다. 상일이가 왕슈잉을 불렀다.

"아까는 아프담서, 어떻게 일어난겨. 괜찮어?"

"그게 희한하게 금방 괜찮아졌네유. 아이구, 영길 형님 오셨슈? 이틀 만이네."

왕슈잉은 정말 아무렇지도 않아 보였다. 한국말을 상일이한테 배워선지 갈수록 사투리가 심해졌다. 왕슈잉은 늘 하던 대로 손을 내밀어 악수를 청했다. 내가 손을 내밀자 그걸 잡고 힘차게 흔들었다.

"왜 이렇게 손이 차?"

왕슈잉의 손이 유난히 차게 느껴졌다.

"애가 수족냉증이 좀 있다고는 했어."

상일이가 심드렁하게 대꾸했다. 아프다던 사람이 너무 멀쩡해서 맥이 빠졌다.

"야. 나 간다."

나는 발길을 돌렸다.

"가셔유. 멀리 안 나가유."

왕슈잉이 다시 손을 내밀며 인사했다.

"인마. 그래도 그렇지 그냥 가는 게 어딨냐. 일 안 시킬 테니까 밥이나 먹구 가아. 밥은 먹어야 할 거 아녀."

생각해보니 작업복을 입은 것이 억울했다. 집에 딱히 먹을 것도 없었기에 못 이기는 척 고개를 끄덕였다. 상일이는 마당 앞 정자에 놓인 버너에 불을 켜고 위에 솥뚜껑을 올렸다. 핸드폰 시계는 오전 여섯 시 삼십 분을 나타냈다. 한 달 전이었으면 해도 뜨지 않았을 시간이다.

"아침부터 고기라니."

그러나 상일이는 고기를 먹어야 힘을 쓴다는 신념이 있는 놈이었다. 라면을 먹더라도 고기 토핑은 필수였다. 채끝살 짜파구리는 자기가 원조라고 우기곤 했다. 상일이는 생고기를 불판에 올렸다. 돼지고기였는데, 두께가 내 팔뚝 정도는 족히 되는 것이 무슨 벽돌 같았다.

"돼지 잡았냐?"

너무 신선해 보였기에 물어보았다.

"무슨, 어제 농협 가서 사 온겨. 설마 두어 근 먹자고 돼지를 잡겄어."

하긴, 녀석이 돼지를 키우긴 해도 잡는 건 전문가의 영역이었다.

"아이구, 영길이 형님 냄새가 좋네유."

"고기 냄새?"

"아니유. 형님 냄새유."

그 말을 듣자 삼겹살을 굽던 손이 반사적으로 굳어버렸다.

"너, 나하고 장난하자는 거냐?"

같이 일하면서 한 번도 내 입냄새에 대해 말을 꺼낸 적 없는 녀석이었다. 상일이가 내 트라우마에 대해 설명해준 덕이기도 했다. 그런데 아침부터 냄새 이야기로 내 속을 긁는 이유는 무엇일까?

"아니, 애 말이 틀린 건 아닌디. 너 냄새 괜찮어졌어. 농담이 아니여."

화가 났다. 나는 이런 부류의 농담을 하는 사람들, 아니 정확히는 그냥 사람을 피해 육 년을 보냈다. 그 육 년의 세월이 종종 머릿속에서 재생되곤 했다.

외삼촌이라는 사람은 사고가 난 지 세 달이나 지나서야 찾아왔다. 내게 외삼촌이 있다는 말은 간혹 들었지만, 실제로 본 것은 그날이 처음이었다. 엄마도 자신에게 동생이 있다는 얘기를 거의 하지 않았다. 그가 나타나자 주변 사람들의 표정이 어두워졌다. 그가 내뿜는 음습함은 말로 표현하기 어려울 지경이었다. 내가 아는 어떤 사람도 그만큼 머리와 수염이 길지 않았다. 그 긴 머리와 수염은 바싹 마른 채 헝클어져 사방으로 뻗쳐 있었다. 사람들은 그를 노숙자라 생각했는지 거리를 두었다. 누군가 신고를 했던가. 병원 직원이 그를 제지하고 있었다. 그러나 노숙자와는 달랐다. 자세히 보면 그의 머리는 청결했으며, 옷은 낡긴 했지만 깨끗하고 단정했다. 사람들이 오해하게 만든 결정적인 요인은 바로 입에서 나는 악취였다. 다른 사람들은 그에게서 나는 냄새 때문에 괴로워했지만 나는 그 냄새로부터 자유로웠다. 입냄새를 빼면 비로소 보이는 것이 있었다. 그는 분명히 엄마의 동생이며, 나와 같은 핏줄이라는 사실을 본능적으로 느낄 수 있었다. 사회와 단절된 사람이라는 것도.

"겉모습만 보고 사람 판단하지 마. 내가 영길이 외삼촌이야."

그가 입을 떼자 사람들은 그에게 향했던 경멸 섞인 시선을 거두었다. 그의 눈빛은 형형했고 목소리는 무거웠으며, 소매 밖으로 드러난 두껍고 굴곡진 팔뚝은 충분히 위압적이었다.

박열망, 그는 내 어머니의 동생이자, 고등어로 치면 살코기 같은 내 청소년기의 가운데 토막을 가져간 사람이다. 한때는 청주 최고의 폭력 조직 열망파의 보스였다. 굳이 외삼촌이 예전 이야기를 하지 않아도 청주 열망파의 흥망성쇠에 대해서는 모르는 사람이 없었다.

청주를 주름잡던 열망파는 한때 백 명이 넘는 규모의 조직이었으나, 정부의 범죄 조직 발본색원 정책에 따라 역사 속으로 사라졌다. 외삼촌은 대부분의 조직원과 함께 철창 속에서 삼십 대를 보냈다. 열망파는 차기 보스의 별명을 딴 불곰파로 간판을 바꿨지만 결국 해체되었다. 누구나 '열망파'를 검색창에 쳐서 넣고 엔터를 치면 알 수 있는 내용이었다. 열망파의 역사는 인터넷이 사라지지 않는 한 서버에 영원히 박제돼 있을 것이다.

이쯤 되니 어째서 엄마가 외삼촌의 존재를 내게 알리지 않았는지 어린 나이에도 이해할 수 있었다. 평생 경찰서라곤 가본 적이 없는 주부와 경찰서를 제집처럼 드나들던 조폭 두목. 둘의 인생은 너무나 달랐던 까닭에 가까워질 수가 없었을 것이다.

"학교 가기 싫지?"

외삼촌의 질문에 나는 고개를 끄덕였다. 학교 다니면서 좋았던 기억이 거의 없는 나로서는 당연한 대답이었다. 부모님이 돌아가신 마당에 공부든 뭐든 해봤자 의미 없다고 여겼던 것이다. 지금은 후회하고 있는 선택이지만, 그 당시 생각은 그랬다.

"그럼 가지 마라. 우리 같은 사람을 원치 않는 놈들하곤 같이 살 필요가 없다. 결국 사람은 배신을 당하게 된다. 지금은 스스로 살아갈 힘을 기를 시기야."

십수 년 전에 외삼촌이 했던 말을 지금까지 기억하고 있는 이유는 문어 투 때문만은 아니다. 외삼촌의 외양과 목소리가 인생을 스스로 살아온 사람임을 증명하는 듯했기 때문이다. 의도적으로 노력했는지는 몰라도 외삼촌은 충청도 사투리를 쓰지 않았는데, 서울에서 살아본 적이 없어선지 어색한 서울말이 되고 말았다. 그 때문에 나도 외삼촌을 만난 후로는 사투리를 점차 잊고 지내게 되었다.

외삼촌에게서도 나와 같은 냄새가 났지만, 그 정도는 압살하고도 남을 기운 덕에 그의 말은 설득력이 있었다. 실제로 외삼촌은 자신에게 나는 입냄새 따위는 신경도 쓰지 않았다.

그 자리에서는 깨닫지 못했지만, 외삼촌이 나의 법정 대리인이라는 사실은 또 다른 불행의 시작이었다. 나는 한순간에 부모님을 잃었기에 사리 판단을 제대로 할 수 있는 상황이 아니었다. 거기에 입냄새 트라우마까지 있었다. 당시 서른아홉 살이었던 외삼촌은 그런 나를 거두었다. 그의 집에서 사는 삼 년 동안은 시간이 정지된 것과 다름없었다.

우리 동네는 암타리봉과 수타리봉이 뒤편을 받치고 있어, 위성사진으로 보면 마치 쌍봉낙타가 동네를 품고 있는 것처럼 보였다. 외삼촌의 집은 암타리봉 중턱에 있었는데 그곳에 가려면 수로와 암벽을 넘어야 했다. 집

주변에 수십 년 넘은 활엽수들이 심겨 있기 때문에 공중에서도 집이 보이지 않는다. 그렇기에 동네에서 멀지는 않았지만, 그곳에 집이 있는 줄도 모르는 사람이 대부분이었다.

한마디로 표현하자면 암타리봉의 외삼촌은 도인이었다. 조폭이었던 외삼촌이 새사람이 되는 것 이상으로 극적인 변화였다. 사람으로부터 배신당해서 그런 것인지, 지난날을 반성하기 위해 그런 것인지 나로서는 알 수가 없었다. 어두운 과거로부터 얻은 깨달음의 발로였을까. 나 또한 외삼촌만큼이나 어두운 과거가 있었으므로 외삼촌에게 의지하는 현실이 필연 같았다.

삼 년간 바깥세상과는 거의 단절된 채 지냈다. 전기는 계곡에 설치한 물레방아와 휘발유 발전기에서 끌어왔고, 먹거리는 한 달에 한두 번 외삼촌이 읍내로 가서 장을 봐 오는 것으로 해결했다. 외삼촌은 자신이 믿는 학설이나 도리 등을 내가 배우도록 강요하지는 않았다. 뭐든 강제하는 법이 없었다. 그런 점은 엄마와 같았는데,

그럴 때마다 둘이 남매라는 점이 상기됐다.

　외삼촌은 읍내에 나갔다 올 때마다 책을 사 왔다. 그것은 내가 학교에 가지 않고 자아가 결핍된 상태로 성인이 되는 것에 대한 불안을 상쇄시키기 위한 행위가 아니었나 싶다. 외삼촌은 도를 공부한다고 했지만, 긴 세월 조폭을 이끌었던 사람이어선지 고등교육에 있어선 젬병이었기 때문이다. 외삼촌은 도에 대해 공부한 내용을 글로 써서 책을 한 권 남겼는데, 글씨는 힘이 넘쳤지만 알아보기가 힘들고 맞춤법도 엉망이었다. 나중에 내가 읽어보니 성경의 진지함에 무협지의 황당함을 끼얹은 물건으로써, 고속도로 휴게소의 무명 가수 음반 옆에 진열될 정도는 되었다.

　몸을 추스르는 데는 일 년이 넘게 걸렸다. 그동안 밖으로 나갈 생각은 굳이 하지 않았다. 오히려 외삼촌이 밖에 나가는 빈도가 잦았다. 언젠가부터 외삼촌은 장을 잘 보지 않았고 도를 공부하는 데도 소홀해졌다. 그래서 나는 자급자족하기 위해 텃밭을 일구거나 꿩을 잡으며 보내는 시간이 늘었다. 산속에 있는 날이 계속되다 보니, 그런 일상이 현대인의 삶과 동떨어진 것이라는 생각은 전혀 하지 못했다.

삼 년째 되던 해, 외삼촌은 집에 없는 경우가 많았다. 행여라도 집에 있으면 만취한 상태였다. 외삼촌이 집에 안 들어온 지 한 달이 넘었던 어느 날, 나는 거의 삼 년 만에 읍내로 나갈 결심을 하게 됐다. 최대한 몸을 단정히 하고 외삼촌이 읍내에서 가장 최근에 사 온 새 옷을 입었던 기억이 난다. 다시는 돌아오지 않을 사람처럼.

왠지 모르게 긴장되어 심장이 마구 뛰었다. 암타리봉을 벗어나 읍내를 향해 발걸음을 옮길 때마다 다리가 후들거렸다. 외삼촌을 찾아봐야 할까? 일단 나오긴 했지만 외삼촌을 어디서 찾을지는 계산도 서지 않았다. 머리가 복잡해졌다. 그러나 박열망은 찾지 않아도 나타나는 사람이었다.

비가 오락가락하던 날이었다. 나는 읍내 초입에 발을 내딛자마자 외삼촌을 알아볼 수 있었다. 그는 비틀거리며 걷다가 오가는 자동차들에 대고 욕을 내뱉고 있었다. 사람들은 혀를 차며 외삼촌을 피했다. 외삼촌은 한눈에 봐도 어디가 아프거나 취한 사람처럼 보였다.

"외삼촌, 여기서 뭐 해요?"

외삼촌의 눈은 풀려 있었지만, 문제없이 나를 알아보았다.

"어, 네가 여기 웬일이냐?"

와중에도 조금은 놀란 눈치였다.

"집에 오신 지 한참 됐잖아요. 무슨 일 난 줄 알고…."

외삼촌은 침을 꿀꺽 삼켰다. 몇 초간의 정적이 무겁게 다가왔다.

"영길아."

"네."

"이제 네 갈 길 가라."

나는 그 말을 취한 자의 헛소리로 여기지 않았다. 말속에 진심과 피로가 진득하게 녹아 있었다.

그날, 외삼촌은 자신이 부모님의 유산을 탕진했다고

말했다. 외삼촌에 대해 잘 모르는 타지인조차 박열망이 사설 도박장과 술집을 전전하며 한 방을 노렸을 거라 떠들어냈다. 그러니 굳이 설명을 듣지 않아도 형국이 어찌 돌아갔는지 직감할 수 있었다. 결국 돈이 문제였다. 도를 닦는다는 것도 한때의 다짐이었을 뿐, 우리 부모님의 재산을 보자 눈 녹듯 사라진 모양이었다. 조직의 우두머리였던 사람은 이제 동네 양아치만도 못한 중년이 되어 있었다. 그는 나를, 아니 그 이전에 돌아가신 우리 엄마를 기만하였다. 하지만 나는 외삼촌을 미워하지 않았다. 나는 외삼촌과 내가 결국 이렇게 갈라설 운명이라는 것을 깨달았다. 다만, 그와 사는 동안 잠시 유예됐을 뿐이다. 나는 세상을 등지고 싶었고, 외삼촌은 그런 나를 세상을 등질 수 있는 장소로 안내했다. 나는 못 이기는 척 따라나섰지만, 그것은 어디까지나 세상에 대한 두려움과 증오심 때문에 선택한 자발적인 고립이었다.

"네. 외삼촌도 건강하세요."

나는 그렇게 말하고 외삼촌에게서 등을 돌렸다. 돌아

보지 않고 걸었다. 여전히 가진 것도 없고, 갈 곳도 없었다. 모든 것이 싫었다. 이대로 죽어도 상관없다는 생각이 들었다. 하늘 위에서 소리가 났고, 곧 잠시 멈추었던 비가 땅으로 떨어져 내렸다.

"우리는 입냄새만 타고난 게 아니야."

그 말에 걸음을 멈추고 뒤를 돌아보았다. 외삼촌의 긴 머리와 수염 끝에 물방울이 맺히고 있었다. 외삼촌은 전화번호가 적힌 카드를 내 손에 쥐여 주었다.

"이거면 굶어 죽진 않고 산다."

"이게 뭐예요?"

"우리 피가 희귀해서 원하는 사람들이 있다."

그 말을 듣자 미친 사람처럼 웃음이 나왔다. 외삼촌은 표정이 없었다. 나는 비 내리는 허공에 웃음을 쏟아내다가 이내 거두고는 외삼촌을 향해 참았던 말을 쏘아붙였다.

"인생 그렇게 쓰레기같이 살지 마요. 쓰레기 안 되고 살기도 쉽진 않겠지만."

남의 인생에 왈가왈부하는 성격은 아니었다. 하지만 외삼촌의 인생은 누가 봐도 실패한 삶이었다. 그것이 나의 미래 같아서 슬펐다. 그러나 정해진 운명에서 벗어날 구멍이 보이지 않았다. 분노조차 치솟지 않았다.

"너도 다 알고 있었잖아. 왜 지금 와서 지랄이야. 이 새끼야."

어쩔 수 없는 현실에 무기력이 온몸을 감쌌다. 왠지 모르게 뜨거운 눈물이 왈칵 쏟아졌다. 나와 외삼촌은 계속 비를 맞으며 길 한가운데 서 있었다. 자동차들이 클랙슨을 울리며 그 길에서 비키라고 하기 전까지.

아마도 나는 태어나서 두 번째로 자살 시도를 하러 갔을 수도 있다. 외삼촌이 그 얘기를 해주지 않았다면. 그날 나는 자살하는 대신 외삼촌이 준 카드에 적힌 번호로 전화를 걸었다.

"아, 예. 박영길 군. 아니 영길 씨. 이제 어른이 됐겠군요?"

그는 이미 알고 있다는 듯 전화를 받았다. 외삼촌 때문일 터였다. 블러드하이라는 회사에 다니는 스티브 백이라고 했다. 국가에서 매혈을 금지하고 있었지만, 그는 내 피를 좋은 값에 쳐주겠다고 했다. 내 피가 희귀하다는 사실은 부모님이 돌아가신 후 의사로부터 들어 알고 있었다. 혈액원에 내 혈액형이 등록되어 있었기 때문에 종종 검사를 받은 적이 있지만, 누군가 사고가 나서 내 피가 필요하게 되었다는 연락을 받은 적은 없었다. 희귀한 정도가 과했기 때문이었다. 세계에서 네 명이 전부였고, 그중 셋이 우리 엄마, 외삼촌, 그리고 나였다. 나머지 한 명은 우리나라 사람이 아니라고 했다. 모든 Rh식 혈액형을 가진 사람에게 혈액을 공급할 수 있지만, 수혈받을 때는 같은 혈액형을 가진 이에게만 받을 수 있다는 것은 Rh null*과 같았다. 그러나 확실히 구별되는 특징이 있었다. 이 혈액형을 가진 사람은 입냄새가 심하다는 점이었다.

나는 청주를 떠나, 매혈하며 전국의 공원을 떠돌아다녔다. 탑골공원, 중앙공원, 시민공원, 심지어 생태공원까지 전국의 모든 공원을 다닌 것 같았다. 이유는 딱히

---

* 항원이 전혀 없는 혈액형으로, 세계적으로도 극히 드물다. 모든 혈액형에 수혈할 수 있어 의학적으로 매우 중요한 의미를 지닌다. 다만 수혈을 받을 때는 같은 Rh null의 피를 받아야 한다.

없었다. 탁 트인 공원이 좋았다. 한 달에 한 번 스티브 백에게 전화하면, 블러드하이 직원이 내가 어디에 있든 승합차를 끌고 나타나 피를 뽑아 갔다. 그 대가로 받는 돈은 백만 원 남짓으로 겨우 풀칠이나 할 정도였지만, 그렇게 방황하며 연명할 수 있었다. 어린 시절 그토록 신경 쓰였던 입냄새에 대한 트라우마도 계속되는 삶의 곡절에 무뎌졌다. 그게 대수가 아니라는 엄마의 말을 그제야 이해할 수 있었다.

그로부터 사 년이 지났다. 이제 스물세 살이 된 나는 청주의 한 공원 벤치에 누워 생각했다. 전국을 돌다 보니 이제 안 다녀본 곳은 고향에 있는 공원뿐이었다. 요즘은 하루가 멀다 하고 세상이 변한다지만, 고향은 어째선지 시간이 정지된 듯했다. 상일이는 잘 있을까? 문득 상일이를 마지막으로 봤던 때가 떠올랐다. 삼 년 전, 충북지방병무청에서였다.

아픈 기억만 남아 있는 고향 청주를 다시 찾을 생각은 추호도 없었다. 무엇보다 우연히라도 외삼촌을 마주칠까 두려웠다. 불행할 것이 확실한 나의 미래를 마주하는 일이 유쾌할 리가 없다. 그런데도 청주에 온 이유는 징

병검사를 받아야 했기 때문이었다. 주거가 일정치 않았지만 주소지는 암타리봉으로 되어 있었던 까닭에 잠시 고향에 들를 수밖에 없었다. 예상대로 중학교를 중퇴한 학력과 고아라는 이유로 병역면제 판정을 받았다.

"이거 누구여. 영길이 아니여?"

"누구세요?"

누군가가 아는 척을 했다. 하도 크게 나를 부르는 통에 검사를 받으려고 반바지 바람으로 줄 서 있던 또래 수십 명이 죄다 우리를 쳐다보았다. 그는 아랑곳하지 않았다.

"다 아는 사람들이구먼. 어떻게 몰러."

"그러니까, 누구시냐고."

"나, 상일이여."

그러고 보니 낯이 익었다. 중학교 때 얼굴이 남아 있었다.

"어? 상일이?"

"와, 사투리도 안 쓰는 거 봐. 나 몰러?"

어찌 된 일인지 상일이는 늘 찾고 있었던 사람처럼 나를 알아보았다. 내가 중상을 입고 누워 있다가 정신을 차렸을 때 처음 본 사람도 상일이었다. 그러고 보니 내가 자살 소동을 벌이는 바람에 고맙다는 인사도 하지 못했다. 부끄럽고 쑥스러운 감정이 올라왔다.

"아, 그래. 어떻게 지내고 있어?"

"나야 뭐 학교 다니지."

그렇다. 다들 학교에 다니고 있을 것이다. 나만 빼고. 녀석으로부터 질문을 받는 건 별로 달갑지 않은 일이었다. 하지만 징병검사를 받는 내내 같은 줄이었기 때문에 대화를 피할 수 없었다. 보통 사람 같으면 내 입냄새를 맡고 자중했을 텐데, 녀석은 아랑곳하지 않았다. 나는 짧게 답하고 대신 질문을 많이 던지기로 했다. 말을 최대한 적게 할 수 있는 나름의 요령이었다.

"아버지는 건강하시고?"

"아니 돌아가셨어. 일찍 좀 편찮으셨어."

"…."

녀석의 대답을 들으니 미안해졌지만, 나는 미안함을 표시하거나 제대로 위로하는 법을 몰라 조금 당황했다. 하지만 녀석은 아랑곳하지 않았다.

　"우리 아버지가 너한테 잘하라고 했어. 나도 처음엔 왜 그러시는지 몰랐는데, 나중에…."

　"저기, 상일아."

　결국 나는 녀석의 말을 끊고 말았다.

　"어?"

　"검사 끝나고 따로 얘기하자."

　"그려? 그랴 그럼."

　얘기가 이런 쪽으로 흐를 줄은 예상 못 했다. 동네 동창들 다 듣는 데서 할 이야기는 아니었다. 상일이와 나는 검사가 끝난 후 병무청 앞에 있는 벤치에 나란히 앉았다.

　"내가 너희 아버지랑 말씀 나눈 건 그때가 처음이자 마지막이었는데?"

　"에이, 그건 아닐 거여. 한동네 사는디 그럴 수가 있나.

걍 너가 사람들헌티 관심이 없었겄지."

"…."

틀린 말도 아니었다. 나만 관심이 없었을 뿐, 작은 동네인지라 남의 집 숟가락이 몇 개인지도 다 알 정도였다.

"그러니까, 너는 사고 났을 때 왜 나랑 울 아부지가 네 옆에 있었는지 궁금했던 거 아녀? 근디, 지금 말해두 되는겨?"

나는 고개를 끄덕이며 침을 삼켰다.

"그때 말이여, 내가 왜 말을 못 했는지는 알지?"

"…."

나는 다시 고개를 끄덕였다. 상일이에게는 그럴 기회가 없었다. 내가 상일이의 설명을 듣다 말고 병원 창밖으로 몸을 던졌기 때문이다. 스무 살이 넘어 어른이 된 지금에야 그 이야기를 들을 준비가 되었다. 그나마도 상일이가 먼저 운을 띄우지 않았으면 잊고 지나갔을 진실일지도 몰랐다.

"그건, 우리 아부지랑 내가 너희 가족 교통사고의 목격자라서 그려. 그때 너네 아부지 소나타 새 차 뽑으셨잖여. 뭐가 반짝반짝하면서 동네를 가로지르는데, 눈에 딱 띄는거 그게. 마침 우리 아부지가 논두렁에서 짚불을 놓고 있었어. 연기가 났지, 좀 많이. 느그 차를 받은 트럭 운전수가 나중에 경찰서에서 연기 때문에 앞이 안 보여서 그랬다고 진술했잖어. 그것 땜에 울 아버지가 힘들어 하셨어. 자신이 불 놔서 그래 됐다고. 그래서 그려."

"아!"

나도 모르게 탄식하고 말았다.

"그래서 우리 아버지가 너한테 잘하라구 한겨. 그 말씀을 돌아가시는 병상에서도 하셨다는 거 아니여."

본의 아니게 마음이 무거워졌다. 상일이 아버지는 이미 이 세상에 계시지 않으니 마음의 짐을 내려드릴 방법도 없었다. 무엇보다 상일이 아버지가 죄책감을 몇 년간이나 품고 살았다는 사실이 안타까웠다. 그저 그 가슴앓이가 너무 심하지 않았기만을 바랄 뿐이었다.

"그건 너희 아버지랑 아무 상관도 없어."

상일이와 그의 아버지는 오해하고 있었다. 그 당시 내가 아무리 경황이 없었어도 사고의 경위를 모를 리는 없었다. 경찰과 보험설계사가 자세한 정황을 이야기해줬다. 상일이가 그 얘기까지는 알지 못할 터였다. 트럭운전자의 말은 사실이 아니었다. 그것은 신호를 무시하고 과속을 한 자신의 위법 행위를 희석하기 위한 변명이었다. 나는 내가 아는 사실을 상일이에게 이야기해주었다. 그리고 만에 하나 상일이 아버지의 말이 사실이라 해도 죄책감을 대물려 받을 필요는 없었다.

"그건 나도 모르는 바가 아니여."

내 설명을 들은 상일이가 대답했다.

"어?"

이게 무슨 말인가. 모르는 바가 아니라니.

"오해하고 있는 게 아니라고. 알고 있어."

"무슨 소리야?"

그럼 무엇이란 말인가.

"그래도 그게 아주 영향이 없다고 볼 수는 없잖아. 그니께 시야가 확보됐으면 그 운전사가 핸들을 확 돌렸을 수도 있는 거고…."

"야! 그만하자."

"…."

나는 상일이의 말을 잘랐다. 녀석으로 하여금 그 장면을 복기할 생각이 추호도 없기 때문이었다.

"그런 식으로 따지면 끝이 없어. 그때 내가 오줌이 마려워 조금 늦게 출발했거나 지갑이라도 놓고 와서 다시 집에 가지러 갔다면, 아무 일 없을 수 있었겠지. 모든 게 변수야. 하지만 본질은 그게 아니잖아. 우리 부모님도 그렇게 생각하실 분들이야. 시야가 확보되면 과속을 해도 되는 걸까? 불운과 불법을 같이 놓고 보지 마."

누군가와 이렇게 오랫동안 대화하는 건 몇 년 만이었다. 불운한 과거에 관해 이야기하고 있었지만, 기분이 나쁘지만은 않았다. 녀석은 눈치 없는 만큼이나 근본이 선해 보였던 까닭이었다. 상일이는 긴 시간 어둠의 터널을 지나는 동안 만난 수많은 이 중에 처음으로 긍정적인 기분이 들게 하는 사람이었다. 어떻게 사람이 이타적일 수 있는가. 어디서 심적 여유가 나온단 말인가. 나는 상상할 수 없었다. 당장 내 일이 아니면 돌아보지도 않는 나 자신이 조금 부끄러워졌다.

이날을 계기로 앞으로는 녀석이 자기 아버지의 말을 신경 쓰지 않길 바랐다. 하지만 몇 년을 마음에 지니고 있었다니, 완전히 무뎌지려면 시간이 필요할 것이다.

우리는 잠시 침묵을 지키다가 화제를 돌렸다. 녀석은 농대에 다닌다고 했다. 나는 차마 피를 팔면서 전국을 돌아다닌다고 말할 수는 없었다. 그래서 서울에서 아르바이트를 하고 있다고 대충 둘러댔다.

"그려, 그럼 군대는 안 가겠네?"

내 사정을 아는 상일이가 물었다. 나는 조실부모한 데다, 중졸도 안 되었으므로 기초군사훈련 대상조차 아니었다.

"그렇지 뭐. 너는 언제 갈 생각이야?"

"나는 현역 안 가고, 쭉 여기 있을라고."

"그게 무슨 소리야? 너 어디 아프냐?"

"나 영농 후계자 할라고."

녀석과 근황을 나누다가 서로의 공통점 두 가지를 알게 되었다. 이제는 부모님이 안 계시며, 둘 다 군대에 가지 않을 거라는 사실이었다. 녀석은 자칭 충청도 농업의 미래였다. 고령화된 농촌에서 이십 대 초반부터 본격적으로 농부가 되겠다는 사람은 흔치 않았다. 그 몇 없는 젊은 농부 중에서도 상일이는 준비된 실력자로, 이미 전국의 이십 대 농부 중 가장 많은 농산물을 수확하는 사람이었다. 이는 상일이가 아버지의 농업기술을 보고 배운 것이 컸다. 야구에 강백호가 있다면 농업에는 윤상일이 있었다. 그런 스펙이라면 후계농업경영인 산업기능요원 제도를 통해 군 생활을 대신할 수 있을 것이다. 상일이는 다 계획이 있었고, 나는 그런 상일이가 부러웠다. 질투심 때문일까, 잠시 잊고 있던 현실이 떠올랐다. 녀석과 나는 태생이 달랐다. 공통점이 있다고 해서 같은 자리에서 웃을 수는 없는 것이 세상의 이치였다.

"저기, 혹시 농업 배워볼 생각 없는겨?"

"이제 아무 말이나 하는 거냐?"

상일이의 뜬금없는 제안에 코웃음이 났다. 내 꼴이 같
잖아서일까. 상일이의 태도가 유난히 시혜적으로 느껴
졌다. 어쭙잖은 동정심에 귀를 기울일 바에야 거지가 되
는 편이 차라리 나았다.

나는 상일이를 향해 고개를 저으며 가방을 챙겼다. 암
타리봉에서의 생활은 내 인생에서 삭제하고 싶은 부분
이었지만 애초 눈치가 없는 상일이가 그 사실을 알 리가
없었다. 떠나야겠다는 생각이 머리에 가득 찼다. 무엇보
다 외삼촌을 마주치고 싶지 않았다. 부모님의 유산을 모
두 탕진한 폐인. 더 이상 여기 있을 이유가 없었다.

"아니 몇 년 만에 봤는디 벌써 가?"

상일이가 자리에서 일어나는 내 팔을 잡았다.

"아오, 아파."

고릴라 같은 악력이다.

"내 얘기 아직 안 끝났어. 넌 외삼촌하고 사이 안 좋잖여. 그치? 네가 나랑 우리 아버지가 잘못 알고 있다고 생각한 걸 알려줬듯이, 나도 네가 잘못 알고 있는 걸 알려줄 수 있을지도 모르지. 너 갈 때 가더라도 이 얘기는 해야겄다."

내가 외삼촌 이야기를 듣기 싫어한다는 걸 어떻게 알았을까? 나는 고개를 비스듬히 기울이며 상일이의 눈을 유심히 바라보았다. 집 나간 눈치가 돌아오기라도 한 걸까?

"그래, 그게 뭐냐?"

나는 녀석의 말을 들어보기로 했다. 어차피 그 우악스러운 녀석에게 잡혀서 의자에 그대로 주저앉아 있을 수밖에 없었다.

"알다시피 느그 외삼촌은 교도소 출소 후 암타리봉에서 조용히 살기로 했잖여. 뭐 것도 사정이 있더만. 이제 조폭의 시대는 끝났다고 생각해서 스스로 조직을 해산하고 죗값을 달게 받기로 했댜. 근디 자기한테 조직을 넘겨주지 않고 해산했다고 앙심을 품은 부하가 있었나 보더라고. 중간 보스인디 불곰이라고. 혹시 느그 외삼촌이 말 안 햐?"

"아니."

외삼촌은 단 한 번도 밖에서 있었던 일을 얘기한 적이 없었다. 아픔을 이야기하지 않는다는 점이 엄마를 떠올리게 했다. 그래도 핏줄이었다.

"그치는 속이 밴댕이라 사람도 많이 안 들러붙어 가지구 조직 같은 걸 만들 수가 없었디야. 결국 열망파가 해산된 후 양아치가 됐다는겨. 근디 그 불곰이 우리 동네에 온겨. 부하 몇 데리고 자릿세 내놓으라면서 읍내서 행패를 부린 거지. 불곰은 피지컬이 어찌나 좋은지 근처에만 나타나도 사람들이 무서워했어."

처음 듣는 얘기였다. 바로 옆에서 고향 사람들이 고통받고 있었지만 나는 전혀 몰랐다. 한편 청주 흥덕구 최고 장사인 상일이가 겁낼 정도면 어떤 사람일까 궁금해졌다.

"네가 그럴 정도면 어지간히 튀는 사람인가 보다."

"아유 말도 마. 근 일 년은 벌벌 떨었어. 와중에 상인들한테 쫄지 말라고 응원해주면서 가게 음식도 팔아주고 자릿세도 대신 내줬던 사람이 있었는디, 그게 느그 외삼촌이었던겨."

"뭐라고?"

외삼촌이 늘 취해 있었던 건 그 때문이었을까? 내 눈에서 호기심을 읽었는지 상일이는 계속 말을 이었다.

"도무지 안 되겠다 싶었는지 박열망이 승부수를 띄웠지. 너 알지? 완쿠션 당구장. 농협 건물 위에 있는 거. 그 당구장 뒤편에 도박장 있는 건 다 알잖여. 거기서 둘이 사활을 건 결투를 했지. 지는 사람이 가진 재산 다 내놓고 동네를 떠나기로 하고. 그날은 비가 엄청 많이 왔어."

내가 암타리봉에서 내려와 외삼촌을 마지막으로 본 그날이었다. 상일이는 완쿠션 당구장에서의 결투를 그림을 그리듯 묘사했다.

당구장은 장막 같은 장대비에 둘러싸여 그 어떤 비명도 그 밖으로 새어 나가지 못할 것 같았다. 검은 양복을 입은 사내들 서넛이 심드렁한 표정으로 당구 공을 치고 있었으나 그들의 목적이 당구 아님은 누구라도 알 수 있었다. 그들은 누군가를 기다리고 있었다.

입구에서 인기척이 났다. 이윽고 당구장의 문이 열리자 안에 있던 사람들의 시선이 그리로 쏠렸다. 빗물과 음산한 기운을 잔뜩 흘리며 한 남자가 들어섰다.

"나와라."

박열망이었다. 박열망의 행색은 열망파 보스 시절
과는 비할 수 없을 정도로 남루했지만 베일 듯 날카
로운 눈매만은 여전했다. 당구를 치던 불곰의 졸개
들이 박열망의 눈을 피하며 흠칫거렸다. 옛 보스를
몰라볼 리 없었다.

"오셨나."

묵직한 대답이 도박장 안 깊숙한 곳에서 울렸다.
이윽고 커튼이 젖혀지며 안에 있던 거대한 실루엣이
드러났다. 이 미터는 될 법한 키에 체중은 가늠도 되
지 않았다. 덩치만 보면 불곰인지 사람인지 구분할
수 없을 정도였다. 우지끈 소리가 당구장에 울려 퍼
졌다. 아치형 문틀이 문을 빠져나오던 불곰의 머리
에 받혀 쪼개졌기 때문이다.

"조심성 없는 건 여전하구나. 그러니 네가 곰인
거다."

박열망이 엷은 미소를 지으며 비아냥댔다.

"감히 누구한테!"

그러자 검은 양복을 입은 불곰의 부하 중 하나가 박열망에게 덤볐다. 박열망은 어깨를 들썩여 녀석의 주먹을 흘리더니 손바닥으로 녀석의 하악골을 아래에서 위로 밀었다. 떨꺽, 소리가 나고 불곰의 졸개는 합이 틀어진 턱을 부여잡은 채 비명 한마디 내지르지 못하고 바닥에 뒹굴었다. 박열망의 움직임은 춤사위처럼 부드러웠다.

　　"너희들은 비켜. 박열망이 괜히 한 조직의 수장이 됐던 게 아니야."

　　불곰이 복판으로 나오자, 1톤에 가까운 당구대가 그의 허벅지에 밀려 옆으로 움직였다. 실로 놀라운 괴력에 순식간에 당구장 안이 찬물을 끼얹은 듯 조용해졌다.

　　"어떻게 이런 미친놈 같은 힘이…"

　　좀처럼 표정을 보이지 않는 박열망조차 놀라움을 감추지 못했다.

　　"요즘 좋은 스테로이드가 많습디다."

불곰이 야비한 미소를 지었다.

"어차피 네 목적은 나였잖아. 오늘 지는 놈이 떠나는 거다."

박열망의 대답에 불곰은 기다렸다는 듯 입맛을 다셨다.

"형님, 아니 박열망 씨. 뭔가 단단히 착각하는 모양인데, 그건 아니지. 당신은 여길 떠나면 그만이지만 나는 여기에 밥줄이 달려 있는데 그건 좀 불공평하잖소? 형님도 밥줄을 걸어야지. 이렇게 합시다. 이기는 사람한테 10억을 내놓는 걸로."

"뭐?"

"형님 10억 있잖소? 그걸로 끝내자고. 나도 이 촌구석에 미련 없거든."

박열망의 표정이 일그러졌다. 10억은 자신의 누나가 남긴, 조카의 전 재산이었던 까닭이었다. 그러나 박열망은 결심한 듯 어금니를 꽉 깨물고는 고개를 끄덕였다.

"그걸 노리고 있었구나. 좋아, 덤벼라. 어차피 넌 내 상대가 아니야."

말이 끝나자마자 불곰이 주먹을 날렸다. 박열망은 사이드스텝으로 불곰의 일격을 피하면서 무릎을 불곰의 복부에 꽂아 넣었다. 불곰은 박열망의 발을 피할 생각도 없이 그대로 몸으로 받아내며 중얼댔다.

"걸렸다."

박열망이 무언가 잘못되었음을 느꼈을 때는 이미 불곰의 양 손에 발이 잡힌 뒤였다. 불곰은 해머를 휘두르듯 박열망의 다리를 잡고 한 바퀴 돌린 다음 유리창을 향해 던졌고, 박열망은 그대로 2층 당구장의 유리를 뚫고 비가 쏟아지는 바깥으로, 10억과 함께 날아갔다.

"그렇게 느그 외삼촌은 옛 부하에게 앙갚음을 당하게 된겨."

상일이가 먼 산을 바라보며 회상하듯 읊조렸다. 마지막으로 외삼촌을 만났을 때, 외삼촌은 날 보고 갈 길 가라고 했었다. 불곰과의 결투 직후였을까. 결국 고향 사람들의 안녕과 내 재산을 맞바꾼 꼴이 되었다. 왜 외삼촌은 자초지종을 이야기하지 않았을까. 어차피 내가 당신의 말을 곧이곧대로 믿지 않을 거라고 생각했는지도 몰랐다. 외삼촌을 쓰레기라 여겼던 생각이 약간은 흔들렸다.

한편 1톤짜리 당구대가 밀렸다든지, 사람을 프라이팬

처럼 잡고 건물 밖으로 날렸다는 상일이의 말은 무협지에나 나올 법한 얘기라 어처구니가 없었다.

"네가 직접 본 거 아니지?"

"에, 그게 당구장 주인아저씨가 봤다고⋯."

"당구장 아저씨? 그래, 알 만하다."

당구장 주인아저씨라는 말에 김이 팍 샜다. 그의 말은 시작부터 반은 걷어내고 들어야 한다. 거의 구라일 터다. 하지만 내가 외삼촌을 오해하고 있던 것인지 모른다는 생각도 조금은 들었다. 진실이든 거짓이든 고향 사람들을 구하기 위해 몸을 던졌다는 말에 외삼촌이 달리 보였다. 아울러 외삼촌이 처참하게 박살났다는 이야기에 내심 속이 쓰리기도 했다.

"근디, 아까 말하던 거 있잖여."

"응?"

상일이가 말을 돌렸다.

"저기 혹시 농업 배워볼 생각 없는겨?"

"또 그 얘기야?"

"농담 아니여. 너 보니께 농업 잘하겠더라. 너 암타리봉에 살았을 때도 앞마당에 무랑 배추 같은 거 키우고 그랬잖여?"

"그걸 네가 어떻게 알아?"

나는 흠칫 놀라고 말았다. 녀석이 암타리봉 이야기를 어떻게 알았는지 도무지 짐작이 가지 않았다. 삼 년을 사는 동안 암타리봉에 외지인이 찾아온 적은 한 번도 없었다. 내 생각을 읽었는지 녀석은 암타리봉에 대한 이야기를 이어나갔다.

"느그 외삼촌 그리 되고서 동네 상인들이 인사라도 드리려고 암타리봉으로 찾아갔어. 근디 아무도 없었다고 하더라고. 어쨌든 동네 일이니까 나도 가봤지. 그때가 처음이었어. 근디 거기 네 이름이 적힌 책이 있더라고. 그래서 너가 거기서 살았는갑다 했구먼. 근디 텃밭 관리한 솜씨가 상당하더라고? 그 야산에서 작물을 키우는데 벌레도 안 먹구 말이여. 너희 외삼촌은 한 달 넘게 읍내서 먹고 마셨으니, 그걸 재배한 사람은 너 아니었을까?"

녀석의 말을 들으며 나는 다시금 쓰디쓴 침을 삼켰다. 발가벗겨진 듯 수치스러웠다.

"그래, 맞나 보다. 그래도 내가 거기 뭐 좋은 게 있다고 다시 가겠냐? 생각해줘서 고맙다. 또 기회가 있으면 보자고."

문득 모든 것에 종지부를 찍었다는 생각이 들었다. 나

는 떠날 채비를 했다.

"행여나 너희 외삼촌 보는 게 껄끄러워서 그러는 거믄 걱정 안 해도 되어. 그 비 온 날 이후로는 동네에 온 적이 없어. 앞으로도 오지 않을 거라고 했디야."

"고맙다. 그런 얘기도 해주고."

나는 녀석이 내 뒤통수에 대고 하는 이야기에 어, 그래, 하며 건성으로 대답했다. 녀석의 마음이 고맙긴 했지만, 내가 번듯한 삶을 살 수나 있는 것인지 의심스러웠다.

"야, 고마우면 내가 울 아버지 유언도 좀 지키게 해 줘."

상일이가 외쳤다.

그렇게 나는 다시 떠났다. 그러나 녀석의 마지막 말이 가끔 생각나고 마는 것이었다. 삼 년이 더 흐른 후, 상일이 녀석에게 연락이 왔다.

나는 긴 외지 생활에 질릴 대로 질려 있었다. 무엇보다 한 달에 한 번씩 피를 사달라며 스티브 백에게 전화를 걸 때마다 자괴감이 밀려왔다. 상일이는 내가 고향으로 와야 한다고 했다. 명분은 자신이 배추 농사를 전수하러 루마니아에 가 있을 동안 집을 봐줄 사람이 마땅치 않다는 것이었다. 녀석의 부탁을 다시 거절할 수는 없었다.

그렇게 고향에서의 생활이 시작되었다. 한결 마음이

가벼워졌다. 무엇보다 노동으로 돈을 벌었기에 스스로 떳떳할 수 있었다.

"너 지금 장난하냐?"

상일이와 왕슈잉이 나를 놀리는 줄 알았으나, 그들의 반응은 진지했다. 내 바로 앞에 있으면서도 불쾌한 내색이 없었다.

"그러니까, 지금 나한테 입냄새가 안 난다고?"

"그렇다니까. 너한테 나는 냄새가 없어졌어. 아니, 없어진 건 아니고 괜찮아졌어."

상일이가 박카스를 들이켜며 대답했다. 왕슈잉도 옆에서 고개를 끄덕였다. 최근 몇 년간, 사는 게 벅찼던 나머지 입냄새 따위는 시련의 축에도 끼지 못했던 것이 사실이었다. 그러나 어찌 된 일일까. 냄새가 괜찮아졌다니. 그럴 리가 없었다. 왕슈잉도 상일이를 따라 박카스를 마셨다.

"무슨 밥을 먹으면서 박카스를 마셔대냐."

말은 그렇게 했지만 나도 습관처럼 옆에 있던 박카스를 집어 들었다.

"야, 이게 뭐야!"

뚜껑을 열고 입술을 댔다가 화들짝 놀랐다. 쇠 맛이 강하게 올라왔다. 박카스가 아니었다. 상일이가 무심하게 중얼댔다.

"그걸 또 봤네…."

상일이가 이제 어쩔 수 없다는 듯 체념한 표정을 지으며 중얼댔다.

"이게 뭐냐. 어디서 났어?"

"저기유."

왕슈잉이 상일이 대신 엘크 우리를 가리키며 대답했다.

"이게 사슴피란 얘기야? 너희 미쳤냐?"

어이가 없었다. 요즘 시대에 녹용도 아니고 사슴피를 뽑아먹다니. 도무지 이해가 가지 않았다. 더군다나 그 엘크는 상일이가 여간 애지중지하는 사슴이 아니었다. 우수 사슴 선발대회에서 우승한 놈으로서 녹용은커녕 털끝 하나 건드린 적이 없었다.

"어제부터 아주 급하게 땡기더라구."

"아니 그게 왜 땡겨? 그렇다고 쳐도 가족 같은 사슴의 뿔을 자르고 피를 받아? 너 학교에서 뭘 배운 거냐? 그리고 왕슈잉, 너는 뭐야. 그걸 말리진 않고 같이 마셔?"

"저도 이상허게 그날따라 사슴이 안됐다는 생각이 안 들더라고요."

기가 막혀서 말이 나오지 않았다. 눈앞의 삼겹살이 지글대고 있었다. 그러다가 정신을 차렸다. 왕슈잉이 내 발목을 찰싹 때렸던 까닭이다.

"뭐야. 너…."

"모기가 벌써 돌아댕기네유, 형님."

드문 일도 아니었다. 나는 한겨울만 빼고 늘 모기에

시달렸다. 더군다나 암타리봉 모기는 신발 밑창도 뚫는다는 농담이 있을 정도로 악명이 자자했다. 하지만 나는 깜짝 놀라지 않을 수 없었다. 왕슈잉이 내 발목을 빨고 있었던 것이다.

"뭐야. 너…."

"피가 좀 흘러가지구…."

녀석이 나를 놀리는 걸까?

"그런다고 그걸 핥아?"

"아이고, 그럼 안 되지."

상일이 녀석이 거들었다. 그러다가 느닷없이 머리를 내 다리에 들이밀고 왕슈잉이 했던 것처럼 피를 빨았다. 이제 짜증이 나기 시작했다. 나는 내 발치에 있는 상일이의 머리를 밀어 옆으로 치웠다.

"아침부터 이게 무슨 지랄들이야. 왕슈잉도 일어났으니, 집에 갈란다."

아침부터 기분이 더러워졌다. 나는 자리를 박차고 일어섰다.

한걸음에 녀석의 농장을 벗어나 내 방이 있는 별채로 들어왔다. 다시 침대에 누웠으나 정신이 사나워 잠이 올 것 같지는 않았다. 녀석들이 빨아댄 발목을 보니 아직도 피가 나고 있었다. 이상하게도 전혀 아프지 않았기 때문에, 집에 와서야 알게 된 것이다. 휴지로 피를 닦고 보니 피가 난 자리에 연필심 하나 정도는 들어갈 구멍이 두 개나 보였다. 그것들은 핏줄 위에 정교하게 뚫려 선혈이 줄줄 흐를 정도였다. 장난이라기엔 정도가 심했다. 녀석들의 다리 몽둥이라도 부러뜨려놔야 속이 시원할 것 같았다.

그때 전화벨이 울렸다. 모르는 번호였다. 나같이 가져

갈 것 없는 사람한테도 스팸전화가 숱하게 오는 세상이다. 짜증나는 참에 화풀이라도 할 요량으로 전화를 받았다.

"요즘은 연락이 뜸하시네요? 전화도 안 받고."

당황스러웠다. 전화기 너머에서 들려온 첫마디가 "안녕하세요, 고객님."이 아니었던 이유만은 아니었다. 아는 사람의 목소리였다. 스티브 백. 늘 내가 먼저 그에게 연락했었다. 한 달에 한 번씩. 아쉬운 쪽은 늘 나였기 때문이다. 그러나 농장에서 일하게 된 후로는 피를 팔 일이 없었으므로 연락한 적이 없었다. 앞으로는 그러고 싶지도 않았다. 그래서 스티브 백의 전화번호를 차단하고 삭제했었다. 그랬더니 다른 번호로 연락이 온 것이다.

"아, 예. 제가 요즘 일을 시작해서요."

"그렇군요. 그래도 이렇게 손쉽게 돈 벌기는 어려울 텐데."

"이제는 사람답게 살아보려고요. 사실 매혈이 합법은 아니잖아요. 제가 허삼관도 아니고…. 그동안 도와주셔

서 감사했습니다."

나는 피를 팔아 연명하던 그 세계로 돌아갈 다리가 없어지길 바랐다. 그러려면 열심히 살아서 그 이상을 벌어야 했다. 그리고 지금은 그 첫발을 나름 잘 내딛고 있다고 생각했다. 그러니 이 다리를 불살라야만 했다.

"아, 그래요. 그래도 사람 일이란 모르는 거니까요. 그동안 몸 관리 잘하고 있어요. 필요한 게 있으면 언제든지 연락하고요."

스티브의 목소리는 부드러우면서도 힘이 있었다. 몸 관리 잘하라는 말이 의미심장하게 들렸다. 마치 그가 내 몸의 소유권이라도 갖고 있다는 것처럼 느껴지기도 했다. 그러고 보니 그가 무슨 일을 하는지 알 수가 없었다. 그가 준 명함에 따르면 스티브 백은 블러드하이라는 글로벌 제약회사의 영업사원이었다. 그러나 영업하는 사람 같지는 않았다. 돈이 궁할 때는 별로 신경 쓰이지 않던 부분이 눈에 들어왔다. 전화를 끊고 나니 왠지 모를 불안감이 느껴졌다.

갑자기 목이 타서 물을 마시려고 침대에서 일어나는데, 순간 현기증이 몰려와 다시 주저앉고 말았다. 몸에 힘이 전혀 들어가지 않았다. 발목에서 피가 배어 나와 반창고가 갈색으로 물들어 있었다. 혈액을 추출했을 때와 비슷한 느낌이었다. 눈이 저절로 감겼다. 도대체 녀석들은 그 짧은 시간에 피를 얼마나 빨아 마신 걸까. 생각은 아지랑이처럼 가물거리다가 사라졌다. 나는 서서히 정신을 잃었다.

"영길아, 미안하다. 나는 네 엄마를 속이고 너를 속였다. 나의 인생은 거짓뿐이었지만 딱 한 번만 나를 믿어다오. 한 번만."

나는 눈을 떴다. 실제처럼 생생한 꿈이었다. 머리를 길게 늘어뜨린 외삼촌의 모습이 보였다. 꿈속에서 외삼촌은 읍내 대로에 서서 비를 맞으며 절규하고 있었다. 나와 헤어지던 그날처럼. 외삼촌에게 무슨 일이라도 생긴 것일까. 불길했다.

핸드폰이 굉음을 내며 떨었다. 재난문자였다. 몇 시쯤 되었을까. 엄청난 갈증이 몰려왔다. 천장의 무늬가 익숙한 것을 보아, 내가 내 방에 누워 있는 것은 확실했다. 발을 땅에 딛고 일어섰다. 갈증이 심했지만 다행히 현기증은 느껴지지 않았다. 날짜를 보니 상일이가 내 발목을 문 것이 이미 어제 일이었다. 하루 동안이나 잠을 잤단 말인가.

핸드폰 알림은 그치지 않았다.

1,248번째 확진자 발생. 도청 홈페이지 참조. 사회적 거리두기. 확진자 신고 요망.

- 충청북도재난안전본부

재난안전본부로부터 문자가 수없이 도착해 있었다. 어떻게 하루 만에 확진자가 천 명이 넘은 걸까? 핸드폰으로 뉴스를 검색했다. 유독 충청도에서만 환자가 급증하고 있었다. 상황이 심상치 않은 모양이었다. 자주 가는 커뮤니티는 각종 음모론이 판을 쳤다. 그중에 루마니아 역사학을 공부했다는 유저가 쓴 글이 화제였다.

루마니아 수도 부쿠레슈티 북쪽에 거주 중인 사람입니다. (한국으로 치면 의정부 정도라고 보면 됩니다.) 뉴스들을 봐서 알고 계시겠지만 지금 루마니아는 계엄령이 내려져 있습니다. 대부분 질병 확산이 심해져 그랬다는 정도로만 알고 있는데, 상황은 그보다 훨씬 심각합니다. 얼마나 심각한가 하면요, 여기서는 일단 이 병에 걸렸다 싶은 사람이 말을 못 알아들으면 사살합니다.

소문에 의하면 이 신경병에 걸리면 뱀파이어가 된다고 해요. 안 믿기시죠? 저도 처음엔 그랬습니다. 직접 보기 전에는요. 제가 사는 데가 도로변에 있는 건물 6층이거든요? 창가에 서면 사람 지나다니는 게 보여요. 풍경이 좋아서 가끔 사진도 찍고 그럽니다. 지금 제가 올린 사진도 우연히 찍은 건데, 파란색 옷 입은 사람이 왼쪽 사람 팔 물고 있는 거 보이시죠? 우연은 아닙니다. 저 위쪽에도 그런 사람이 있어요.

페이지 새로고침을 했더니 해당 게시물이 삭제되었

다는 알림창이 떴다. 그러나 캡처본이 삽시간에 퍼질 게 뻔했다. 그가 올린 사진에는 분명 둘 이상의 남녀가 사람의 팔과 다리를 물고 있는 모습이 찍혀 있었다. 이 게시물에 대한 설왕설래가 끝없이 이어졌다.

뒤이어 루마니아에서 12세기에 이 질병이 퍼진 적 있다는 얘기는 사실이며, 걸린 사람은 모두 살처분했다는 기록이 있다는 게시글이 올라오면서 많은 추천수를 얻었다. 어떤 이는 과거의 기록과 루마니아에서 살처분된 병자의 뼈 사진을 구해 올리기도 했다. 루마니아의 고전 의학 기록에 따르면 이것이 우리가 아는 흡혈귀의 시초라는 것이다. 그러나 사실이 아니라거나 과장됐다는 글도 적지 않은 추천을 받았다.

음모론은 대부분 허무맹랑한 내용이었다. 그러나 어제 상일이와 왕슈잉이 내게 했던 행동을 비춰보면 무시할 수만은 없었다. 뒤늦게 상일이가 루마니아에서 귀국했다는 사실이 떠올랐다. 그것은 나를 자리에서 벌떡 일어나게 하고도 남았다. 온몸에 소름이 돋고 털이 곤두섰다. 상일이에게 전화했지만, 전화기가 꺼져 있었다. 나는 불안해져서 다시 옷을 입고 상일이의 농장으로 뛰어갔다.

저 멀리 사슴 우리가 보였다. 사슴 대회 일등 먹은 엘크는 클래스가 다르다. 워낙 거대해서 수백 미터 밖에서도 눈에 띄었다. 그런데 누군가 사슴 우리 안에 있었다. 딱 봐도 상일이나 왕슈잉은 아니었다. 우리에는 어떻게 들어갔을까. 고개를 갸웃하는 찰나, 아찔한 광경에 발걸음을 멈췄다. 그가 엘크를 덮치다가 뒷발에 차였기 때문이다. 죽었을까? 도와줘야 하는 거 아냐? 걱정하는 사이 더욱 믿을 수 없는 광경이 펼쳐졌다. 쓰러졌던 사람이 벌떡 일어나 엘크 등에 올라탄 것이다. 입이 떡 벌어졌다. 이쯤 되니 사람을 구하는 게 문제가 아니었다. 그를 구해야겠다는 생각은 어느새 사라지고 나부터 살아야겠다는 생각이 본능적으로 머릿속에 들어찼다.

"아이고 이거 상일이 친구 아니여?"

나는 깜짝 놀라 자빠질 뻔했다. 뒤에서 누군가 내게 말을 걸었기 때문이다. 뒤를 돌아보니 익숙한 얼굴이었다. 청년회장이었다. 말이 청년이지 내일모레면 환갑인 어르신이다. 순간 안도의 한숨이 터져 나오고 반가움이 교차했다.

"아 네, 회장님. 저기 엘크 우리에 사람이 있는데…."

"어디? 아, 저, 저거…. 누군지 몰라도 전염병 걸렸구만."

어르신이 혀를 끌끌 찼다. 이 어르신은 과반 이상의 표를 얻어 상일이를 제치고 청년회장이 되었다. 그만큼 신뢰할 만한 어른이었다. 계획이 있을 터였다.

"전염병이요?"

"가까이 가지 말구 피해야 혀."

소문이 사실이었구나.

"혹시 상일이하고 왕슈잉 보셨나요? 연락이 안 돼요."

"아, 갸들 말이여? 난 어제 보고 못 봤는디. 지금 누구 찾고 그럴 때가 아니여. 동네 전체가 쑥대밭이여."

그 이야기를 들으니 등골이 오싹해졌다. 어제 상일이와 왕슈잉이 내 발목에서 피를 빨려고 한 걸 생각하면 녀석들도 감염됐을 가능성이 컸다.

"아저씨는 괜찮으세요?"

"봐야 알지. 그나저나 지금 여기서 피해야겠는디."

아저씨가 손가락으로 들판을 가리켰다. 동네 사람 대여섯이 논두렁을 가로질러 이리로 뛰어오고 있었다.

"동네 사람들이잖아요."

"병자들이여. 너 피 빨아먹으러 오는겨. 지금 뛰지 않으면 우리도 위험햐. 자 따라와."

아저씨가 나를 밀치며 뛰었다. 머리 굴릴 틈이 없었다. 나는 어느새 아저씨를 따라 뛰고 있었다. 어찌 된 일인지 환갑이 다 된 아저씨가 나보다 빨리 달렸다. 우리가 다다른 곳은 청년회 사무실 앞이었다. 나는 숨을 몰아쉬며 이야기했다.

"아저씨, 근데 저도 어떻게 될지 몰라요. 저도 사람한 테 피 빨렸거든요."

"아니여. 너는 감염 안 됐어. 내가 딱 알지. 너한티 나 는 기가 막힌 냄새가 있거든."

냄새라는 단어가 어딘가 익숙했다. 그러고 보니 어제 상일이가 비슷한 말을 했었다. 순간, 아저씨가 내게 이 를 벌리며 얼굴을 들이밀었다. 순간 둔탁한 소리가 나며 청년회장이 눈앞에서 사라졌다. 누군가 보디체크로 어 르신을 날려버린 것이다. 어르신은 발에 차인 축구공처 럼 길바닥을 굴렀다.

"어우야, 영길아 한참 찾았잖여."

상일이다. 옆에서 왕슈잉이 반가운 듯 웃으며 가쁜 숨 을 몰아쉬고 있었다.

"너희가 왜 여기서 나와?"

나 역시 반가움에 상일이를 껴안으려다가 아뿔싸, 하 는 생각에 숨이 턱 막혔다. 엊그제 사슴피까지 뽑아먹었 던 놈들이다.

"저리 가!"

나는 상일이를 밀어내고 무작정 달렸다.

"야, 아니여. 우리는 괜찮어!"

상일이와 왕슈잉이 나를 쫓아왔다.

"청년회장 어르신도 똑같은 말 했었다, 이놈들아!"

나는 헐떡대면서 계속 달렸다. 고향 사람들은 말투만 가지고는 절대 진심을 알 수 없다. 단내가 나도록 달리다 보니 녀석들이 점점 멀어졌다. 녀석들은 나를 찾아 멀리서부터 달려오느라 힘을 쏟아서 그런지 제대로 쫓아오지 못했다. 청년회장 어르신이 나보다 빨리 달렸던 걸 생각해보면 녀석들의 체력은 의외로 현실적이었다. 나는 계속 달려 녀석들과 거리를 벌렸다. 이윽고 녀석들의 시야에서 완전히 벗어난 뒤에야 멈춰 서서 가쁜 숨을 골랐다. 머리에서 김이 솟고 입에서 단내가 올라왔다. 바위 뒤에 쓰러지다시피 앉아 있는데 오른쪽 도랑에서 인기척이 느껴졌다. 고개를 그쪽으로 돌리기 무섭게 녹색 새마을 모자가 쑥 올라왔다.

"여기 있었구먼."

"와 씨, 뭐야!"

청년회장이었다. 청주 사투리는 여전했으나 눈이 아까와는 달리 새빨갛게 변해서 정상인처럼 보이지 않았다. 나는 젖 먹던 힘을 다해 다시 달렸다. 폐가 입밖으로 튀어나올 것처럼 뛰었지만 소용이 없었다. 아저씨는 기관차 같은 속력으로 순식간에 내 뒤에 바싹 붙었다. 역부족이었다. 그의 손이 내 팔을 잡았다. 이럴 수가. 아저씨를 밀쳤지만 소용이 없었다. 눈을 질끈 감았다. 내가 이렇게 감염되는구나, 그 찰나에도 억울했다. 감염되면 나도 사람의 피를 빨아 마셔야 하는 걸까, 내 입냄새는 사라지려나, 자아는 어떻게 바뀔까….

순간 바로 옆에서 둔탁한 소리가 들렸다. 감았던 눈이 저절로 뜨였다.

아저씨가 눈앞에서 사라졌다. 아저씨는 배트 중심에 맞은 야구공처럼 포물선을 그리며 앞으로 날아가고 있었다. 어디선가 커다란 SUV가 달려와 회장 아저씨를 들이받은 것이다. 나는 너무 놀라 꼼짝도 할 수 없었다.

"영길 씨? 아우 한참 찾았네."

차가 급정거하면서 문이 열렸다. 스티브 백이었다.

"아니, 당신이 왜 거기서 나옵니까?"

"말은 이따 하고 빨리 타요!"

나는 다리가 풀려 어느새 바닥에 주저앉아 있었다. 스티브 백이 나를 일으켜 차에 태웠다. 차에 타니 스티브 백말고도 운동선수 같은 남성 둘이 앉아 있었다. 그 중 하나는 체격이 너무 커서 창 한 면을 전부 가릴 정도였다. 엎어져 있던 청년회장 어르신이 벌떡 일어나 차가 있는 쪽으로 달려왔다. 운전대를 잡은 사람이 무심하게 그를 다시 한 번 차로 받았다.

"방금까지 저랑 같이 이야기하던 어르신이란 말이에요!"

"순진한 소리 하지 말아요. 저 사람, 아니 사람이라고 할 수나 있나? 감염자예요. 다른 데서는 말 한두 마디만 섞어보면 티가 딱 나는데, 여긴 충청도라 그런지 구분도 잘 안 돼."

스티브 백이 고개를 절레절레 흔들었다.

"저도 감염됐을지 몰라요."

"아뇨. 영길 씨는 괜찮아요. 우리는 오래전부터 이 병에 관해 연구했어요. 이 병이 지금 퍼져서 그렇지 아주 예전부터 있었어요."

"그럼 12세기에 루마니아에서 출현했다는 뱀파이어 얘기가 사실인가요?"

"아 그거요? 몇 가지 오류를 제외하면 대체로 맞아요. 그때는 치료제 개발이 안 돼서 사람을 죽이는 수밖에 없었죠."

"그럼 지금은 치료제가 있나요?"

"우리 회사에서 개발했죠. 요즘 우리 회사 주식 폭등한다는 뉴스 본 적 없어요? 블러드하이라고."

알고 있었다. 스티브 백의 명함에 적혀 있는 회사 이름이었다.

스티브 백의 설명에 따르면 이 병은 12세기에 현재 루마니아 지역에서 창궐했다. 이는 인터넷에 떠도는 이야기와 같았다.

당시 왕이었던 바실리오스 2세가 비교적 빨리 감염자들을 발견하고 퇴치에 힘썼다. 감염자들은 병을 전파하는 데다, 병이 진행될수록 인성이 왜곡되어 인명을 존중하지 않게 된다고 했다. 치료제를 구할 수 없었던 당시엔 시민을 지키기 위해 감염자들을 제거하는 것이 불가피한 선택이었다. 당시 퇴치한 감염자는 백여 명, 감염자에 의해 희생된 사람은 일만 이천 명에 이른다고 했다.

스티브 백이 앞자리에서 문서 하나가 열려 있는 태블 릿 PC를 내게 건네주었다. 그 문서를 통해 재난문자에서는 알 수 없었던 이 신경감염증의 세부 특징을 알 수 있었다.

이 바이러스는 체액이나 혈액으로 감염되는데, 이는 에이즈나 간염의 전파 방식과 동일했다. 다만, 감염자가 적극적으로 인수를 통해 혈액을 섭취하는 게 다른 질병과 가장 다른 점이었다. 신경감염증 환자는 사람의 혈액을 가장 좋아하며, 그다음으로는 사슴의 혈액을 선호한다. 그리고 마늘향을 좇는다. 흡혈인이 마늘 냄새를 싫어한다는 이야기는 루마니아 농민들에게 마늘 농사를 장려하기 위해 퍼뜨린 소문으로, 실제와는 다르다. 감염자들은 다른 인수가 고통을 느낄 새도 없이 신속하게 혈액을 흡입할 수 있다. 이들로부터 혈액을 채취당한 인간은 0~3일간의 잠복기를 거친 후 감염자가 된다. 이는 감염원의 생존률을 높이고 바이러스 확산율을 높이기 위해 진화한 형태로 해석된다고 했다.

"그런데 그 당시 사라진 바이러스가 왜 지금 창궐한 겁니까?"

나는 태블릿 PC를 스티브 백에게 돌려주며 물었다.

"사실 전부 사라지지 않았어요. 당시 생포된 감염자가 몇 있었어요. 바실리오스 2세가 그들을 전리품으로 받아 감옥에 감금해놓았죠. 인간이나 사슴의 피를 공급하면서 사육했답니다. 그런데 놀랍게도 감염자들은 늙거나 죽지 않았다고 해요. 그렇게 수백 년이 지났죠. 그런데 바실리오스 2세의 성이 사 년 전에 재개발되면서 감염자들이 인부들에 의해 구출된 겁니다. 그렇게 감염자들이 다시 세상 밖으로 나오게 됐죠."

"그럼 외삼촌과 제 피는 왜 필요했나요?"

스티브 백은 물을 마시면서 잠시 숨을 골랐다. 목젖이 크게 움직이며 기도로 물 내려가는 것이 보였다.

"잘 들어요. 사실은 우리도 몰랐어요. 우리는 희귀 혈액의 특성을 연구했을 뿐이에요. 그러다 이 바이러스가 당신 혈액과 독특하게 반응한다는 걸 발견했죠. 그걸 토

대로 치료제를 만든 겁니다."

"그래서 저는 감염되지 않는 사람이라는 건가요?"

"네. 그러니까 영길 씨가 정말 중요하다는 거예요. 이제 세상에 영길 씨 같은 사람은 없어요."

스티브 백이 고개를 끄덕이며 대답했다. 그런데, 이제 없다니? 외삼촌이 있지 않은가.

"아니, 우리 외삼촌 박열망 씨도 아시지 않아요?"

"실종됐습니다."

"아…."

놀랄 일도 아니었다. 실제로 나와 헤어진 이후로 동네에서도 본 사람이 없다고 했다. 상일이에게 들은 이야기도 있었다. 스티브 백은 외삼촌 이야기를 하며 이마를 약간 찡그렸다.

"그분이 갑자기 수천만 원을 요구했어요. 사실 당시에 우리는 그 피가 치료 효과가 있는 줄도 몰랐기 때문에 피가 절실히 필요한 상황도 아니었어요. 하지만 혈액 제공에 협조해준 답례로서 그 돈을 지급했죠. 그런데 돈을 주고 나니 연락이 되지 않더군요. 그 사람 조폭이었죠? 전과도 있고….”

“아, 네. 알겠어요.”

나는 그의 말을 잘랐다. 외삼촌이 좋은 사람이 아니라는 건 알고 있었지만, 타인에게서 혈육의 험담을 듣는 것은 분명 불쾌한 일이었다. 하지만 그동안 스티브 백의 문자를 외면한 것이 잘못이었나 싶은 생각이 드는 건 어쩔 수 없었다.

나와 블러드하이 직원들이 탄 SUV는 동네의 농로를 가로질렀다. 도중에 동네 할머니 둘이 지팡이를 짚고 길 한가운데로 걸어오는 것이 보였다. 그러나 운전대를 잡은 사람은 속도를 줄이기는커녕 액셀을 더 깊게 밟고 있었다.

“안 돼요!”

나도 모르게 그의 팔을 잡아 돌렸다.

“아, 씨, 냄새!”

운전사는 된소리까지 내며 불쾌함을 감추지 않았다.

운전수도 운전수지만 그 옆에 앉은 자의 눈빛이 너무 날카로웠다. 그 거대한 체격과 눈빛이 주는 위압감만으로도 숨이 막힐 것 같았다. 스티브 백이 그들을 말리며 제지했다.

"이 친구들이 냄새에 좀 민감해서 그래요. 속도 줄여요. 그래, 어디 봅시다. 위험하니까 창문을 1센티미터 이상 열지 말아요."

할머니 둘이 차 안에 있는 나를 알아보고는 차 뒷문 앞으로 걸어왔다. 나는 스티브 백의 말대로 유리창을 조금 내렸다.

"아이고, 상일이 친구 아니여."

할머니는 일단 멀쩡해 보였다.

"요즘 전염병 때문에 난리네요. 할머니는 괜찮으세요?"

"봐야 알지."

"아니 괜찮으시냐고요… 이거 왜 이러세요!"

나는 팔을 빼며 소리 질렀다. 할머니가 갑자기 창틈

으로 나온 내 손가락을 잡아당겼기 때문이었다. 스티브 백이 신호하자 운전사가 액셀을 밟았다. 할머니는 고꾸라졌다가 일어나더니 지팡이도 안 짚고 뛰어오기 시작했다.

"거봐요. 내 말이 맞지. 근데, 봐야 알지가 뭐야? 여기 사람들은 도대체…."

스티브 백이 고개를 내저으며 투덜댔다. 나는 다시 한 번 힘이 빠졌다. 스티브 백이 계속 말을 이었다.

"여긴 다 감염됐다고 보면 돼요. 괜한 동정심 같은 거 가지면 안 됩니다. 감염자는 잘 죽지도 않으니 걱정 마시고요. 여차하면 우리가 감염되게 생겼으니까, 일단 여길 빠져나갑시다."

SUV가 차로로 진입했다. 간혹 보이는 사람들은 해바라기처럼 고개를 들어 내가 탄 차로 향했다. 동네를 빠져나가는 중에 불길한 기시감이 들었다. 아니, 기시감이 아니었다. 지금 나는 부모님과 마지막으로 함께했던 길을 다시 달리고 있다. 그래서 낯설지 않은 것이다. 논두렁에서 금방이라도 연기가 피어오를 것 같았다. 괴로웠던 기억이 다시 떠올랐다. 우연일까? 당시처럼 왼쪽에서 덤프트럭이 달려오고 있었다.

"저거 뭐야? 미쳤나."

운전사가 브레이크를 밟으며 핸들을 돌렸다. 그러자 덤프트럭도 우리가 탄 차 쪽으로 바퀴를 틀었다. 덤프트럭의 속도는 생각보다 빨랐다. 뭔가 잘못됐다는 생각이 들었고, 굉음이 울렸다.

빛이 쏟아져 들어왔다. 눈을 게슴츠레 뜨니 형광등이 보였다. 그 아래에서 누군가가 나를 지켜보고 있었다. 눈을 찡그렸다. 익숙한 상황이 반복되고 있었다.

"여, 여기가 어디야?"

"아이고 냄새. 이제 깼네. 영길이 외삼촌, 아니 형님 불러야겠다. 형님!"

익숙한 목소리였다.

"누, 누구세요."

"나, 상일이여."

상일이다. 분명 상일이 목소리였다. 시야가 서서히 확보되었다. 진짜 상일이가 내 앞에 서 있었다. 그 옆에는 외삼촌과 왕슈잉도 있었다.

"이제 정신이 드느냐."

외삼촌이 말했다. 이건 꿈이다. 그러고 보니 지난 밤 꿈에도 외삼촌이 나왔지 않은가.

"뭐야!"

나는 소리를 질렀다. 지켜보던 상일이와 왕슈잉이 내 뺨을 때렸다.

"꿈 아니여."

"꿈 아니에요, 형님."

상일이와 왕슈잉이 말했다. 이게 무슨 일이란 말인가. 나는 고개를 들어 주변을 둘러보았다. 창문에는 완쿠션 이라는 커다란 글자가 좌우 반전되어 붙어 있었다. 읍내 의 완쿠션 당구장이었다. 내가 누운 자리는 당구대 위였 다. 대체 어떻게 된 일인가. 실종되었다던 외삼촌이 어 떻게 여기에 있고, 감염된 상일이와 왕슈잉은 왜 멀쩡한 것인가.

"네가 탄 차를 내가 받아버렸다."

"뭐라고요?"

그럼 사거리의 덤프트럭을 외삼촌이 몰았단 말인가.

"널 구하기 위해서는 어쩔 수 없었다."

도무지 믿을 수 없는 일만 연달아 일어나고 있었다. 정말로 헛웃음이 나왔다.

"사람을 죽이려고 했으면서 구하기 위해서였다뇨. 무슨 말이 그래요."

"아니여. 형님 말씀이 맞어."

옆에서 상일이가 거들었다. 언제부터 우리 외삼촌을 형님이라고 부르게 됐을까? 미친놈.

"스티브 백이 나와 널 죽이려고 했다. 난 그한테서 너를 구한 거야. 나한테 좋은 감정 없는 건 알지만…, 내 말을 믿어라."

외삼촌의 말은 스티브 백이 한 말과 달랐다. 외삼촌과 내 혈액으로 바이러스를 퇴치할 수 있다고 했다. 그러니까 내 피가 바이러스의 치료제인 셈이었다. 상일이와 왕슈잉을 가리키면서 감염되었던 친구들이 내 피를 마시고 정상으로 돌아온 것이 그 증거라고 했다. 블러드하이의 CEO인 쿠르드베 4세는 예전에 루마니아 지역을 통치하던 바실리오스 2세의 후손이며, 12세기에 생포한 감염자를 대상으로 수백 년째 생체실험을 해왔다고 했다. 치료제를 개발하면 병을 확산시켜 수익을 얻을 속셈이었다는 것이다.

"결국 블러드하이는 우리 피를 이용해서 치료제를 개발했지. 항체만 생산하는 것이 기술의 핵심이었어. 그러니까 이제 우리는 그들한테 쓸모가 없어진 거야. 나도 처음엔 이들이 우리 피를 그저 좋은 값에 사주는 사람들인 줄만 알았다. 하지만 스티브 백에게 마지막으로 피를 팔았을 때, 녀석들의 태도가 갑자기 돌변했다. 녀석들의 눈빛은 도살자의 그것과 같았어. 우리 피가 치료 효과가 있다는 게 알려지면 블러드하이가 치료제를 독점할 수가 없거든. 우리를 제거한 후에야 시판에 들어갈 거다. 다른 사람은 몰라도 나는 알았다. 나에겐 승산이 없다는 것을. 낌새를 알아채고는 도망치는 수밖에 없었어. 그

후로는 모든 연락을 끊고 살았다. 녀석들이 날 찾았는지는 모르겠다. 아마 신경 쓰지 않았을 거야.

네게 연락하려고 했지만 너도 어디에서 뭘 하고 있었는지 알 길이 없었다. 그런데 기어코 병이 창궐한 거야. 그것도 충청도에서. 급하게 와봤더니 멀쩡한 사람은 네 친구 둘뿐이었다. 그런데 멀리서 네가 스티브 백의 차에 타는 게 보이더구나. 그래서 트럭을 타고 뒤쫓아갔다. 널 살리는 방법은 그것뿐이었어."

국어책 읽듯 말하는 투는 여전했지만 한마디 한마디 쥐어짜듯 힘겹게 말하는 게 느껴졌다.

"영길 씨, 그거 다 거짓말입니다. 박열망 그 사람 믿지 마시라고 했죠?"

뒤편에서 스티브 백의 목소리가 들렸다. 그곳에는 포커나 섯다 판을 벌이기 위해 마련된 밀실이 있었다.

"이제 깼나."

외삼촌이 밀실의 커튼을 젖혔다. 거기에는 스티브 백과 엄청난 덩치의 직원 하나가 당구장 의자에 묶여 있

107

었다. 스티브 백의 차를 운전하던 부하는 바닥에 쓰러져 있었는데, 어디가 부러졌는지 거동이 어려워 보였다.

"우리가 세계에 몇 없는 소중한 분들을 왜 죽입니까? 아직 실험이 안 끝났다니까요. 자 영길 씨, 보세요. 우리는 영길 씨와 계약을 하려고 모신 거예요. 돈이라면 원하는 대로 드릴 수 있어요."

외삼촌이 비웃었다.

"개수작 부리고 있네. 그래서 천하의 양아치 불곰까지 고용하셨나?"

불곰? 그럼 저 알래스카 불곰만 한 덩치를 가진 이가 상일이가 말했던 불곰이란 말인가! 당구장 아저씨 말은 믿을 게 못 된다고 했지만 지금 보니 불곰에 대해서만은 사실일지도 모른다는 생각이 들었다.

"그럼 외삼촌이 저 곰, 아니 저 사람하고 마지막 결투를 했다는 게 사실이에요?"

나는 깜짝 놀라 물었다. 내 질문에 대답한 건 외삼촌이 아닌 스티브 백이었다.

"영길 씨, 박열망은 기본이 음침한 사람이에요. 마지막 결투는 무슨, 영화 찍어요? 당신 외삼촌은 돈이 없어서 여기서 내기하다가 진 것뿐이에요. 불곰이란 사람도 형기 마친 후 경호 시험 봐서 정식 채용한 거고. 전과자라고 다 자기처럼 사람 구실 못하며 사는 줄 아나. 그러고 나서 돈 없으니까 우리한테 피 판다고 한 겁니다. 사실 저 사람 피는 쓰지도 못했어요. 피도 깨끗해야 쓰는 거지, 걸핏하면 술 담배에, 무슨 약 성분도 검출됐다니까. 그래, 우리가 그렇게 나쁜 놈들이라고 칩시다. 그럼 박열망 씨가 진작 경찰에 넘겼어야죠. 당구장에 묶어놓는 게 말이 돼요? 저 사람은 영길 씨 몸값 올려 받으려고 당신을 속이는 거라고요. 여태 당해놓고서도 모릅니까?"

스티브 백의 말은 차분하고 이성적이었고, 그만큼 설득력 있게 들렸다. 그러나 꿈 때문일까, 어쩐지 내겐 외삼촌을 믿어야겠다는 직감이 앞섰다.

하지만 옆의 두 사람은 사정이 달랐다. 상일이와 왕슈

잉의 눈동자는 벌써 달라져 있었다. 동공이 어찌나 흔들리는지 심경 변화가 여기까지 느껴졌다.

"야. 여기서 충청도의 획을 긋는 싸움이 있었다고 말한 사람이 바로 너잖아."

나는 상일이를 쏘아보며 타박했다.

"어, 그게 당구장 사장 아저씨 말을 다 믿기는 좀… 그렇잖여."

조금 전엔 형님이라더니!

회유인지 이간질인지 모를 스티브 백의 언변에도 외삼촌은 여전히 여유가 있었다.

"경찰에 넘기라고? 알면서 그러나? 지금은 이 동네 파출소도 쑥대밭이야. 창밖을 보라고. 청년회장, 부녀회장, 밭 가운데 집 아낙네, 다 아는 사람 같지만 이제는 아니야. 이 지역은 잠복기가 지나도 한참 지났어. 이제 흡혈인간들 눈이 다들 돌아갔다고."

말이 끝나자마자 외삼촌 뒤의 비상구가 벌컥 열리면서 누군가가 들이닥쳤다. 그는 송곳니를 드러내며 외삼촌의 목덜미를 덮쳤다. 그러나 외삼촌이 더 빨랐다. 몸을 틀어 그를 피한 후, 겨드랑이 사이로 팔을 집어넣고 허리를 돌렸다. 감염자는 덮칠 때의 탄력 그대로 묶여 있는 스티브 백의 불곰만 한 경호원, 아니 불곰에게까지 날아갔다. 감염자를 몸으로 받은 불곰이 뒤로 넘어가면서 으적 소리가 났다. 잠시 그의 안위를 걱정했으나, 기우였다. 의자가 부러지면서 그의 손을 묶은 밧줄이 풀렸고 불곰이라는 자가 바닥에서 일어섰다. 나는 그 크기에 움찔했다. 그가 서 있는 모습을 보는 건 처음이었다. 레슬매니아에서나 보던 사람이 눈앞에 서 있었다. 쓰러진 감염자가 다시 그에게 달려들었다. 생김새가 익숙했다. 이제 보니 당구장 주인아저씨였다. 불곰은 아저씨의 벌어진 입에 주먹을 날렸다. 주먹 한 방에 아저씨의 날카로운 송곳니가 옥수수알처럼 바닥에 흩어졌다. 불곰은 꿈틀대는 주인아저씨를 그대로 들어 창밖으로 던져버렸다. 상일이와 왕슈잉은 떡 벌어진 입을 다물지 못했다.

"당구장 주인아저씨가 멀쩡할 때 했던 말이 지, 진짜였구먼…."

상일이가 충격을 받고 비 맞은 중처럼 중얼댔다. 불곰은 당구장 출입구로 유유히 걸어가더니 문을 걸어 잠갔다. 순식간에 완쿠션 당구장이 찬물을 끼얹은 듯 조용해졌다.

"장소 잘 골랐네. 지금 같아서는 정말 누구 하나 죽어도 모르겠어요. 너 같은 애들 백 명이 와도 저 사람 못 이겨."

스티브 백이 기세가 역전됐다고 판단했는지 아까와는 다른 말을 했다.

상일이는 떨리는 손으로 큐대를 쥐었다. 나도 손에 잡히는 대로 집어 들었다. 당구공이었다. 먼저 움직인 이는 왕슈잉이었다. 왕슈잉은 고향에서 무언가를 배웠었는지 견자단 같은 자세를 취했다.

왕슈잉은 양팔을 벌려 부드럽게 원을 그렸다. 손의 궤적이 태극 문양을 그리는가 싶더니 손바닥 날을 세워 앞으로 내밀었다. 그 범상치 않은 모습을 외삼촌이 먼저 알아봤다.

"영춘권?"

"넌 정체가 뭐야!"

내가 놀라 물었다.

"제가 호신술 좀 배웠어유."

결연한 표정이었다. 저런 표정은 여태 본 적이 없었다. 순간 왕슈잉은 허공답보를 하듯 빠른 발놀림으로 불곰의 주위를 돌다가 무방비 상태로 드러난 불곰의 복부에 손을 꽂았다. 정타로 들어갔는데도 불곰은 미동조차 없었다. 왕슈잉이 다음 공격을 위해 몸을 비틀었지만, 불곰의 손이 더 먼저였다. 왕슈잉은 기합과 함께 주먹을 날렸지만, 불곰의 팔에 잡히고 말았다. 불곰은 산만 한 덩치를 가졌음에도 믿을 수 없이 민첩했다. 불곰이 왕슈잉의 팔을 제 무릎에 대고 그대로 눌렀다. 나도 모르게 눈이 저절로 질끈 감겼다. 무엇인가 부러지는 소리와 함께 단말마의 비명이 당구장에 울려 퍼졌다.

"안 돼!"

상일이가 이성을 잃고 불곰에게 달려들었다. 불곰의 몸통에 대고 큐대가 부러질 정도로 휘둘렀지만 전혀 타격이 없었다. 그게 끝이었다. 당구대에 패대기쳐진 상일이는 신음도 제대로 내지 못했다. 이 모든 일이 단 한 호흡만에 벌어졌다. 손쓸 틈도 없었다.

"시간이 흐를수록 강해지다니."

그를 예전부터 알았던 외삼촌도 놀라고 있었다. 스티브 백이 승기를 잡은 듯 미소지었다.

"우리 직원들은 좋은 약을 쓰거든."

"비겁한 놈. 지난번처럼 스테로이드라도 맞았나?"

외삼촌이 불곰에게 물었다.

"뱀파이어들이 왜 그렇게 활기찰까요? 우리는 그들의 피를 계속 연구해왔어요."

스티브백이 대신 대답했다.

"근데 저 곰탱이는 입이 없나. 왜 자꾸 네가 대답해?"

외삼촌이 스티브 백을 향해 고개를 돌리며 물었다.

"그게….'

청산유수처럼 떠들던 스티브 백이 처음으로 난처한 표정을 지으며 주춤거렸다.

"너 설마… 부작용으로 말을 못 하게 된 거냐."

"…'

짐승같이 무서운 인상의 불곰이 일 초 정도 처연한 표정을 지었다.

"돌팔이 약장수 같은 새끼들! 불곰, 너도 피해자야 인마!"

외삼촌이 불곰에게 호소하듯 외쳤다.

"아니요. 우리는 부작용을 해결할 겁니다. 불곰 씨, 시끄러운 저 사람부터 처리해요."

불곰은 잠시 외삼촌의 말에 귀 기울이는 듯하다가 스티브 백의 명령이 떨어지자 스위치라도 켜진 것처럼 외삼촌을 향해 돌진했다.

"어디 한번 죽어보자."

외삼촌이 웃옷을 벗으며 말했다. 목소리가 비장했다.

"잘 쳐줘봐야 동네 건달 아닌가? 어디 해봐요."

스티브 백이 비아냥댔다. 그러고 보니 그는 아직 묶여 있는 채였다. 구속당한 상황에서도 승리를 확신하는 것이 느껴졌다. 그래서일까. 외삼촌이 짜증을 냈다.

"넌 좀 닥쳐."

이번에는 불곰이 먼저 움직였다. 왼손으로 잽을 날리는 듯하더니, 오른 주먹으로 외삼촌의 옆구리를 노렸다. 외삼촌은 왼팔을 접어 막았지만 휘청대며 뒤로 쭉 밀려났다. 제대로 걸리면 갈비뼈 서너 개는 우습게 나갈 터였다.

"영길아, 내가 알아서 할 테니 넌 친구들과 도망쳐라. 살 방법은 그것뿐이다."

외삼촌이 비틀대면서도 내게 말했다. 그 말을 의식했는지 불곰이 내게 몸을 틀었다. 그 틈을 타 외삼촌이 불곰에게 보디블로를 먹였으나, 불곰은 꿈쩍하지도 않고 오른 주먹을 뻗었다. 외삼촌은 용케 주먹 옆으로 비켜서며 거구의 디딤발을 걸어찼다. 불곰의 몸이 사선으로 기울며 균형을 잃었다. 그 순간 나도 모르게 몸을 그에게 던졌다. 우리 셋은 둔탁한 소리와 함께 바닥에 굴렀다. 외삼촌이 그 순간을 놓치지 않고 불곰의 팔을 가랑이 사이에 끼웠다.

"불곰 이 새끼야. 박열망을 너무 우습게 봤다. 세 번은 안 당해."

외삼촌은 온몸의 무게를 실어 불곰의 팔을 잡고 뒤로 꺾었다.

"아악!"

그러나 비명을 지른 건 불곰이 아니라 외삼촌이었다. 불곰이 왼손으로 부러진 큐대를 잡아 외삼촌의 허벅지에 찔러 넣었기 때문이다. 절망에 눈앞이 캄캄해졌다. 외삼촌은 허벅지를 부여잡고 바닥에서 몸부림쳤다. 그의 표정에서 마지막 희망이 사라졌음을 느낄 수 있었다.

의지와는 상관없이 몸이 공중에 둥실 떴다. 이제 내 차례다. 나는 곧 패대기쳐질 것이다. 숨이 가빠졌다. 나의 거친 입김에 불곰의 수염이 흔들리는 게 느껴졌다.

불곰이 눈을 찡그리며 코를 움켜잡았다. 그 순간이 슬로 비디오처럼 느리게 흘렀다. 바로 지금이다. 지금이 내게 흐르는 외삼촌의 피를 확인할 순간이다. 나는 손에 쥔 당구공을 휘둘러 그의 관자놀이에 꽂아 넣었다. 아무 소리도 들리지 않았다. 느껴지는 것은 당구공이 수박 같은 물체를 파고들며 전해져 오는 둔중한 타격감뿐이었다.

내 몸은 롤러코스터가 자유 낙하하듯 아래로 떨어졌다. 불곰의 다리가 풀리는 것과 동시에 내 발도 바닥에 닿았다. 의자에 묶인 스티브 백이 불곰에게 일어나라고 악을 쓰는 모습이 보였다. 외삼촌이 몸을 날려 불곰에게 파운딩을 쏟아부었다. 상일이가 불곰의 발에 밧줄을 감고 있었다.

다시 한 번 꿈을 꾸는 것 같았다.

"숨은 쉬는데 깨질 않네….”

불곰은 정신을 차리지 못했다.

“아주 머리에 제대로 맞았구먼.”

외삼촌과 상일이가 불곰을 기둥에 묶으면서 구시렁 댔다. 워낙 탈인간급 피지컬을 가진 터라 로프와 철사까지 동원해야 했다. 불곰은 한참 후에야 정신을 차렸다.

외삼촌과 왕슈잉은 고통에 신음하면서도 안도하는 표정이었다. 둘 다 중상이었지만 생명에 지장은 없었다.

“방심만 안 했어도 제가 끝내는 건디….”

왕슈잉이 팔을 움켜쥐며 아쉬워했다.

“그러고 보니 엽문 4대 제자가 청주에 왔다는 소문이

있던데, 그게 너였느냐?"

외삼촌이 물었다. 왕슈잉의 몸사위를 보고 영춘권이라고 판단한 것이다.

"제가요? 뭐 중국 사람이라고 전부 무술을 할 줄 아는 건 아니어유."

왕슈잉이 멋쩍은 표정으로 뒤통수를 벅벅 긁었다. 상일이가 놀란 눈으로 외삼촌의 말에 대신 대답했다.

"에? 4대 제자유? 슈잉이가유? 갸는 읍내 쿵푸 도장에 한 넉 달 댕겼슈. 하여튼 여기 소문은 진짜 희한하게 나."

스티브 백은 의욕을 완전히 잃어 땅으로 고개를 떨구었다. 외삼촌이 누군가의 전화를 받으면서 우리가 있는 위치를 설명했다. 경기도 경찰이 이리로 오는 중이라고 했다.

"다 끝났다. 이제 네 피만 감염자들에게 나누면 돼."

외삼촌이 내게 말했다.

"외삼촌은요?"

"모르지, 내 피는 쟤들 말대로 못 쓰게 됐는지도. 네가 중요하다."

"…"

할 말이 떠오르지 않았다. 내가 중요하다니, 내 의지

와는 상관없이 벌어진 일일 뿐이다.

"네가 무슨 생각 하는지 안다. 그런데, 네가 잘했다. 부럽다. 그러고 보니 나는 늘 너희 엄마를 부러워했다."

"왜요? 그때 외삼촌은 보스 아니었어요? 남부러울 게 뭐가 있어요."

외삼촌은 작심한 듯 이야기했다.

"나와는 달리 너희 엄마는 늘 선했지. 나는 그랬던 기억이 없다. 그래서인가. 이상한 오기가 생기더라. 질투 같은 거였겠지. 그걸 동력으로 조직을 확장해나갔다. 그래, 꼭대기에도 올랐지. 그런데 봐봐, 결국 배신당하지 않았니? 형님이니 의리니 하는 거, 전부 사욕을 가리는 얇은 종이 같은 거야. 습자지보다도 얇은…. 결국 유유상종이지. 돌아보니 다 이상한 놈들만 만나고 다닌 거야. 네 엄마는 좋은 사람을 만났고. 너 역시 마찬가지다."

나는 부모님과의 마지막 기억을 떠올렸다. 아버지가 엄마와 사귀기 위해 냄새를 못 맡는다고 거짓말했다는 얘기가 떠올랐다. 마음이 울컥거렸다.

"외삼촌도 그런 면이 있겠죠. 불곰이 마을 사람들 못 괴롭히게 하려고 내기에 응한 거라면서요. 저는 외삼촌이 엄마 유산을 주색잡기로 탕진한 줄 알았어요."

"무슨 소리냐. 내가 네 밑천을 다 날려먹었는데도 그런 소리가 나오니?"

"오해해서 미안해요."

"아니다. 난 나쁜 놈이야. 그건 그렇고 오늘 넌 정말 괜찮았다. 자랑스러울 정도로…."

외삼촌이 쑥스러운 듯 말끝을 흐렸다.

"오늘 외삼촌도 괜찮았어요."

외삼촌도 괜찮은 사람이어야 했다. 죗값을 치른 지도 한참이고, 외삼촌 스스로 유유상종이라 하지 않았던가.

지친 몸으로 당구대에 걸터앉아 웃고 있는 상일이와 왕슈잉의 모습이 왠지 모르게 짠했다.

당구장의 깨진 창문 사이로 사이렌 소리가 들어오고 있었다.

작가의 말

집안은 늘 가난했다. 병든 부모님은 하루 벌어 하루 먹고사는 것을 벅차했다. 수십 년이 흐른 지금, 부모님과 함께한 추억들은 기억 나는 게 별로 없다. 너무나 서글퍼서 그것들을 안고 살아갈 수 없기 때문이다.

당시 나는 그런 현실에 눈을 두지 않은 채 겉돌기만 했다. 나는 열 살이 되기 전부터 내가 현실을 외면하는 기술을 일찌감치 터득했다는 사실을 자각했다.

먹고 싶은 음식을 마음껏 먹은 적이 없었지만 억울하게도 배는 볼록 나왔었다. 덕분에 같은 반 아이들에게 나는 '배사장'으로 불렸다.

형편, 성격, 외모 등 뭣 하나 마음에 드는 게 없었다.

혐오라는 단어를 알기 전부터 나는 자신을 혐오하고 있었다.

마을이 내려다보이는 언덕 가운데에 커다란 은행나무 한 그루가 뿌리를 내리고 서 있었다. 나는 그 은행나무 위에 올라가서 해가 지는 모습을 바라보곤 했다. 언덕 아래에서 익숙한 목소리들이 나를 부를 때까지. 내 이름은 그들의 입을 떠나 실뱀처럼 구불거리며 가옥들을 휘감다가 내 귓속으로 들어왔다.

나를 찾아 뭣할까 싶으면서도 나는 그들이 걱정하는 게 마음이 쓰여 "여기 있어!" 하고 외치며 언덕 아래 집으로 미끄러지듯 내려가곤 했었다.

다른 건 몰라도 은행나무 위의 일들은 생생하게 기억하고 있다. 그 위에서의 경험이 서글프지만은 않았기 때문일 것이다.

삶이란 무엇인가. 나는 왜 고통뿐인 이 세상에 흉한 모습으로 태어나 이 고생을 하는가. 죽어야겠다. 그 위에서 날을 잡아 죽어야겠다고 결심을 했었다. 같은 생각을 반복하다 보니 행할 용기도 생겨나는 듯했다. 눈 질끈 감고 떨어지면 되는 일이었다.

그러던 어느 날.

"넌 뭐여."

평소처럼 나무를 오르던 나는 낯선 목소리에 깜짝 놀라 소리 나는 위로 고개를 쳐들었다.

"저, 저기…."

나는 제대로 대답도 못 한 채 얼어붙어 버벅대고 있었다. 누구일까.

"배사장이구먼. 빨간 지붕집에 사는."

그가 손을 내밀며 아는 체를 했다. 나는 부끄러워했지만, 얼결에 그 손을 잡았다. 내 몸은 크레인 고리에 걸린 돌멩이처럼 그의 옆으로 끌어올려졌다. 힘과 덩치가 어른 못지않았다. 나중에 알고 보니 그는 나보다 몇 살 더 먹은 남자애였다. 한숨 돌린 후에 그가 물었다.

"여긴 뭣 하러 올라와."

"죽을라고."

"에?"

그가 고개를 갸웃하며 황당하다는 표정을 지었다.

"사는 거 피곤햐."

내가 대답했다. 어차피 죽을 건데 못할 말도 없었다.

"그려. 그러면 죽으면? 죽은 후에는 어떻게 되는지 알고 있어?"

"…"

생각해본 적도 없었다. 죽으면 끝 아니었나.

"잘 생각햐. 제 손으로 죽으면 영원히 불구덩이 속에서 고통받는댜. 끝없이."

무서운 이야기였다. 현생이 괴로워서 피했는데 더 큰 고통이 이어진다니! 나는 계획을 재고할 수밖에 없었다.

한편, 내 이야기를 진지하게 들어주는 이가 있다는 사실이 신기했다. 다음 날도, 다음다음 날도 은행나무 위에서 그와 얘길 나눴다. 그는 내 이야기를 흥미로워했다. 이해할 수는 없었지만, 그가 날 맘에 들어 한다는 걸 느낄 수 있었다.

몇 달을 그와 같이 놀았다.

내가 죽으려는 생각을 완전히 접었을 무렵, 공교롭게도 그는 다른 곳으로 이사 가버렸다. 그와 같이 앉았던 은행나무 가지엔 나무판자로 만든 간이 의자만 덩그러니 남아 있었다.

아직도 그가 나의 무엇을 보고 벗이 되어줬는지 모르겠다.

세상의 모든 이가 나를 버린 것 같아도, 아니 실제로 버렸더라도 내 이야기를 들어주는 이가 한 명만 있다면 살아갈 힘을 얻을 수 있는 것 같다.

혹시, 아무도 당신을 좋아하지 않는다고 느끼는가? 그럴 리가.

취향은 다양한 법이다.

당신도 누군가에겐 소중한 엘크일지도 모른다.

2022년 8월

송경혁